Georg Horn

Voltaire und die Markgräfin von Baireuth

Georg Horn

Voltaire und die Markgräfin von Baireuth

ISBN/EAN: 9783741167324

Hergestellt in Europa, USA, Kanada, Australien, Japan

Cover: Foto ©Andreas Hilbeck / pixelio.de

Manufactured and distributed by brebook publishing software
(www.brebook.com)

Georg Horn

Voltaire und die Markgräfin von Baireuth

Voltaire

und

die Markgräfin von Baireuth.

Von

Georg Horn.

Berlin, 1865.

Verlag der Königlichen Geheimen Ober-Hofbuchdruckerei
(R. v. Decker).

Voltaire

und

die Markgräfin von Baireuth.

Von

Georg Horn.

Berlin 1865.

Verlag der königlichen Geheimen Ober-Hofbuchdruckerei
(R. v. Decker).

Herrn Professor Dr. **Preuß,**

Königl. Historiographen,

dem unermüdlichen Forscher der Friedrichsgeschichte

in dankbarer Verehrung gewidmet

vom

Herausgeber.

Im achtzehnten Jahrhundert zerfiel Deutschland oder vielmehr das Heilige Römische Reich in eine Menge kleiner und kleinster Souveränetäten, etwa an dreihundert. Was diese Zersplitterung eines großen Ländercomplexes der politischen Entwicklung des deutschen Volkes geschadet, das hat sie der geistigen genützt. Das deutsche Volk war nach dem dreißigjährigen Kriege in seiner stumpfen Gleichgiltigkeit gegen alle höheren Interessen mit einem todten Acker zu vergleichen, dessen Lebensfähigkeit erst durch eine geistige Drainage geweckt werden mußte. Letztere ging von diesen kleinen Höfen aus; die Länder waren klein, der Geschäfte wenige, und so brachte es die Muße, daß viele der deutschen Höfe des achtzehnten Jahrhunderts, und gerade die kleineren, wahre Musensitze geworden sind, von denen geistige Anregung und Belebung auf das Volk überging. Bei vielen der hohen Herren mag diese Pflege literarischer und künstlerischer Interessen meistentheils eine Nachahmung Ludwig's XIV. gewesen sein; von ihm glaubte Jeder eine Ader in sich zu spüren, und ihm

wollte man doch wenigstens in dieser Richtung nachthun,
konnte man es auch nicht in äußerer Machtentfaltung;
bei vielen jedoch, tüchtigen und hochbegabten Naturen, war es inneres, höheres Bedürfniß, aus der
nationalen Erbärmlichkeit sich in das unendliche Reich
des Geistes zu flüchten. Deutschland besaß damals keine
Nationalliteratur von der Bedeutung wie heutzutage;
man sprach und schrieb französisch au den deutschen
Höfen, auf die sich damals der Kreis der Gebildeten
so ziemlich beschränkte, und die französische Literatur war
herrschende Gebieterin über den deutschen Geist. Das
war kein nationaler Fortschritt, aber jedenfalls eine
geistige Befruchtung.

Unter diesen Musensitzen nahm, nächst Rheinsberg
und später Sanssouci, der Hof des Markgrafthums
Brandenburg-Baireuth unter der Regierung des Markgrafen Friedrich, und zwar durch dessen Gemahlin, Friederike Wilhelmine, geborene Prinzessin von Preußen,
den ersten Platz ein. Sie war die Lieblingsschwester
ihres Bruders, Friedrich's des Großen, und ein so
großer Mensch, wie er, konnte auch nur wieder Großes
lieben. Durch dreiundzwanzig Jahre rivalisirte der Hof
eines kleinen Landes von 200,000 Einwohnern durch
seine geistige Bedeutsamkeit an Berühmtheit mit denen der
größten Länder; denn die Markgräfin war der Magnet,
der Alles anzog, was damals groß und hervorragend
war, Geltung und Bedeutung hatte. Viele Zeugnisse
des geistigen Verkehrs der Fürstin mit ihren großen

Zeitgenoſſen ſind verloren gegangen; eines der intereſſan-
teſten jedoch iſt uns aufbehalten, und wir fühlen die
Pflicht, die Gegenwart damit bekannt zu machen. Unter den Papieren der Familie von Miebel in
Baireuth fand der Herausgeber ein altes Heft, auf
deſſen erſtem, vom Alter faſt gebräuntem Blatte in
großen Schriftzügen die Worte ſtanden:

Lettres de Voltaire.

Dieſe Aufſchrift rührte nach einer Vergleichung mit
dem auf der Königlichen Bibliothek in Berlin aufbewahr-
ten Exemplare der »Memoiren« unverkennbar von der
Hand der Markgräfin her. Dieſes Heft enthielt nichts Ge-
ringeres als fünfundzwanzig noch ungedruckte Briefe des
berühmten Schriftſtellers an die Fürſtin und einen an den
Marquis von Abhemar. Dieſelben ſind ſämmtlich von
Voltaire's eigener Hand geſchrieben in jener kleinen und
doch plaſtiſchen Schrift, deren einzelne Buchſtaben balb
Dolchen, bald Liebespfeilen gleichen, und die auch
dann noch charakteriſtiſch und unverkennbar bleibt, ſelbſt
wenn der Verfaſſer ſich bemüht, einer Königstochter zu
Ehren die Grazie des Geiſtes mit der Schönheit der
Schriftzüge zu vereinen. In demſelben Hefte befanden
ſich außerdem noch zwölf ebenfalls an die Markgräfin
gerichtete Originalbriefe von dem Baron von Pöllnitz.
Wer kennte ihn und ſeine amüſanten, oft boshaften
Schilderungen von Perſönlichkeiten und Höfen ſeiner
Zeit nicht? Es waren wenig Fürſten, denen er nicht
gedient, und es gab in Europa faſt keinen Hof, den er

1*

nicht gesehen hätte. Als lustiger Page am Hofe der Herzogin Elisabeth Charlotte von Orleans hatte er in Paris und Versailles sich sein Französisch geholt, bann drei preußischen Königen als Ceremonienmeister und Kammerherr gedient, dreimal den Glauben gewechselt und war nur dem einen treu geblieben, baß er der geist- reichste und amüsanteste aller Höflinge sei, und daß der Mensch, namentlich wenn er Pöllniß heiße, viel Geld brauche.

Die unterhaltenden Plaubereien des preußischen Kammerherren bilden mit den Memoiren der Markgräfin von Baireuth immer noch die vornehmste Quelle für das deutsche Hofleben aus der ersten Hälfte des acht- zehnten Jahrhunderts, und so werfen auch die erwähn- ten, ben Briefen Voltaire's beigebundenen Briefe des Barons von Pöllniß, wie der Leser später sehen wirb, manches Streiflicht auf das Verhältniß Voltaire's zu der berühmten Tafelrunde der Ritter des Geistes auf Schloß Sanssouci.

Der schriftstellernde Kammerherr mußte seinen Geist durch seine Feder ergiebig für seine stets bedürftige Börse zu machen, indem er über Festlichkeiten und Rei- sen des preußischen Hofes Memoires verfaßte und in Abschrift an die verschiedenen auswärtigen Mitglieder der preußischen Königsfamilie versandte, was immer- hin ein einträgliches Geschäft war, indem die Aus- lagen für Dinte und Papier ihm reichlich vergütigt wurden.

Ein solches Schriftstück in Copie, die Reise der Königin Mutter nach Oranienburg und Rheinsberg, fand sich nebst einigen Zeilen von der Hand des Verfassers ebenfalls in dem aufgefundenen Hefte vor, ferner die Abschrift eines Festspiels, welches zum Geburtstage der Markgräfin von Baireuth am 3. Juli 1744 in Eremitage, ihrem Lustschlosse, aufgeführt worden war und nach einer Randbemerkung des dem Hefte beiliegenden Verzeichnisses von Voltaire herrühren sollte, wofür wir aber nirgends einen positiven Anhaltspunkt aufzufinden vermochten.

Zu dem Inhalt des Heftes gehörten ferner noch drei authographische Briefe, von La Bruyere aus Neapel und Rom in den Jahren 1743 und 1744 geschrieben.

Das Hauptinteresse unseres Fundes möchten jedoch die Briefe Voltaire's beanspruchen. Sie reichen vom Jahre 1742 bis 1758. Wie sie in den Besitz der Familie gekommen sind, läßt sich nicht genau ermitteln. Auf dem Verzeichnisse waren die Zeilen, die darüber hätten Aufschluß geben können, mit unverkennbarer Absicht fast ganz unleserlich gemacht worden; nur drei Worte waren noch lesbar, und diese berechtigen zu der Annahme, daß nach dem Tode der Markgräfin das Manuscript nach Stuttgart gekommen war in den Besitz ihrer einzigen Tochter Friederike, der Gemahlin des Herzogs Karl von Württemberg, desselben Karl's, der durch seine Thrannei das Genie Schillers zu so schneller und mächtiger Entfaltung gebracht hatte. Die Herzogin von Württemberg starb nach einer unglücklichen Ehe, von ihrem Gemahle getrennt, im Jahre 1780 in Baireuth, und zwar, wie die mündliche Ueberlieferung sagt, an den Folgen eines Pflanzengiftes, welches sie jeden Morgen zur Erhaltung eines frischen Teints in die aufgeritzte Haut zu träufeln pflegte. Ihr Nachlaß, darunter ihre Bibliothek und in derselben jedenfalls unser Manuscript, war versteigert und von dem betreffenden Mitglied der von Miedelschen Familie, einem markgräflichen Hofkammerrathe, der künstlerische und wissenschaftliche Interessen verfolgte, erstanden worden. Ueber hundert Jahre lagen diese Briefe Voltaire's an die Markgräfin verborgen und ungekannt, während die correspondirenden der Markgräfin an Voltaire in den verschiedenen Ausgaben dieses Schriftstellers, am vollständigsten in der von Beuchot veranstalteten, der Oeffentlichkeit bereits längst bekannt waren. Diejenigen Voltaire's mit Ausnahme von zweien, die im 7. Bande der Correspondenz abgedruckt sind, glaubte man verloren. Es lag aber nur der Staub eines Jahrhunderts auf ihnen.

Ungeordnet lagen diese Briefe durcheinander, und wenn wir sagen, daß es großer Mühe und vieler special-historischer Erörterungen bedurfte, die zeitliche Reihenfolge herzustellen, so wollen wir damit mehr unser Interesse an der Sache, als unser Verdienst betonen. Durch den Abdruck der bereits veröffentlichten Briefe der Markgräfin, durch den inneren, stofflichen Zusammenhang derselben mit den von uns aufgefundenen, glauben wir

unferem Leſer bie beſte Kritik über bie Aechtheit ber
letzteren an bie Hand zu geben. Aber auch bie veröffentlichten ber Markgräfin erhalten durch bie Herſtel-
lung des Zuſammenhanges, wenigſtens zum größten
Theile, erſt ihr Verſtändniß und ihren Werth; jetzt
erſt entſteht ein Ganzes und enthüllt ſich uns, einer
aus bem Schutt gegrabenen anmuthigen Moſaik ähnlich,
von ber bisher nur einige Bruchſtücke vorhanden waren,
bas vollſtändige Bild eines Verhältniſſes nicht nur
zwiſchen bem Dichter und ber Markgräfin, ſondern auch
wiederum zwiſchen Beiben einestheils und Friedrich bem
Großen anberntheils, eines geiſtigen Bundes, ber uns
ſo intereſſanter iſt, je treuer ſich brei große Perſönlichkeiten barin abſpiegeln. Sämmtliche Briefe ber Markgräfin ſind bereits gebruckt und nach ber Beuchotſchen
Ausgabe ber Correſpondenz Voltaire's hier mitgetheilt,
ſämmtliche Briefe Voltaires bagegen, mit Ausnahme
eines einzigen, bisher noch nicht veröffentlicht. Die
Parentheſezeichen bei ben Daten bebeuten, baß bieſel-
ben nach bem Inhalte ergänzt ſind.
　　Anbers ſchrieb bas achtzehnte Jahrhundert ſeine
Briefe, anbers ſchreibt ſie bie Gegenwart. Jenes war
von Ibeen bewegt, bieſe fußt auf Thatſachen. Das
achtzehnte Jahrhundert fühlte ben Drang, aus ber Ver-
wilberung ſocialer Zuſtände, aus ber Gebanken- und
Poeſieloſigkeit bes reellen Lebens, ſich in bie Sonnen-
höhe eines Gebankenlebens empor zu ſchwingen; ber
Geiſt bes neunzehnten Jahrhunderts jeboch fühlt wieber

in sich das Gesetz der Schwere und steigt auf die Erde herab, um mit seinen idealen Errungenschaften die Erscheinungen des wirklichen Lebens zu vergeistigen, zu vertiefen und zu verklären. Darum finden wir in den Briefen des vorigen Jahrhunderts so wenig Thatsächliches, darum so viel philosophisches Raisonnement, so viel eitle Selbstbespiegelung, so viel unwahre Schönreberei, geistige Schminkpflästerchen, um schöner zu erscheinen, als man wirklich ist, während eine Zeit, wie die unsere, immer etwas darin suchen wird, wahr zu sein, wenn auch derb und rücksichtslos. Wenn aber jene Puder- und Brocatmenschen etwas in ihrem innersten Herzen trifft, dann bricht der Adamsmensch mit seinem Jubel oder Schmerz, seiner Begeisterung oder Entrüstung, nicht wie er sich giebt, sondern wie er ist, dennoch mitten durch die dichten und künstlichen Umhüllungen durch. Schminkpflästerchen fallen eben bei Erhitzung des Teints ab. Die Menschen jedoch, die sie auflegen, werden immerhin interessant durch die Enthüllung dessen, was sie nicht sind und doch gern sein möchten, und auch einem Schminkpflästerchen kann der Gedanke an ein ewiges Schönheitsideal inne wohnen.

Wir würden das Interesse an unserem Stoffe zerstören, wollten wir sagen, daß diese kurze Charakteristik der Correspondenz des vorigen Jahrhunderts zu den vorliegenden Briefen in gar keiner Beziehung stände. Der Leser wird das am Besten herausfühlen. Voltaire und Friedrich der Große waren nicht nur Kinder ihrer

Zeit, sie waren die beiden Merksäulen derselben, sie waren diese Zeit selbst, und Wilhelmine war Geist vom Geiste ihres Bruders. Nur in einem möchten unsere Briefe von dem eben Gesagten eine Ausnahme machen, in dem größeren Reichthum an Stofflichem. Wenn das Einzelne auch nicht von der Art ist, durch Neuheit zu überraschen, so möchte es doch vielleicht beitragen, in Bezug auf Voltaire's Leben und Wirken, namentlich auf sein Verhältniß zu dem großen Könige, in vieler Beziehung berichtigend, ergänzend und erhellend zu wirken, ganz abgesehen von der Feinheit des Ausdruckes, dem Reichthume der Wendungen, dem Petillanten des Gedankens, der Grazie und Schärfe des Witzes, im Ganzen von der Kunst des Briefstyls, wie er in unserer Zeit immer mehr zur Mythe wird; wir correspondiren ja nur noch in telegraphischen Depeschen.

Voltaire's Werke haben ihre Bedeutung nur in der auf ihre Periode berechneten Wirkung, nicht in einer über alle Zeit erhabenen Schönheit, wie diejenigen Shakespeare's, Corneille's und Göthe's. Das Interesse an seiner Persönlichkeit jedoch und an den Aeußerungen derselben durch seine Briefe wird seine Tragödien und Comödien, seine Romane und historischen Werke, seine Gedichte, die Madrigaux ausgenommen, weit überdauern.

Die folgenden Briefe werden die Antheilnahme an seiner Persönlichkeit nicht nur unterstützen, sondern auch erhöhen. Sie zeigen ihn von einer theilweise neuen, von

einer schön menschlichen und liebenswerthen Seite, in
einer reinen, aufrichtigen, innigen, ja begeisterten Verehrung einer Frau, die allerdings zu den Geistigbegabtesten,
zu den Ausnahmen ihrer Zeit und ihres Standes gehörte. Mit seinen Sarkasmen hat der berühmte Schriftsteller Niemanden verschont, weder Feind noch Freund,
weder Hoch noch Heilig; aber vor dieser Frau ver-
stummte seine Spottsucht, vor ihr kehrte die Menschen-
achtung in ihn ein, fühlte er eine Regung, die er vielleicht
lange nicht mehr gespürt hatte, den Schlag eines warmen,
lebendigen Herzens. Nur einmal wurde der Markgräfin
gegenüber seine Spottsucht laut, bei Gelegenheit eines
Zusammentreffens mit ihr in Colmar, von wo er schreibt:
»Wahrhaftig, das Wiedersehen war sehr rührend und
muß auf mich großen Eindruck gemacht haben; denn des
andern Tages war ich am Tode.« Aber auch hier war
der Stachel nicht gegen die Markgräfin, sondern gegen
ihn selbst gerichtet, darüber, daß er diese Rührung nicht
wegspotten konnte, sondern sich ihr willenlos preisgeben
mußte.

Aber auch die Markgräfin lernen wir von einer
andern Seite kennen, als sie gewöhnlich dargestellt wird.
Sie ist in unserer Zeit des wieder erstarkten Familien-
gefühls gewissermaßen in Mißkredit gekommen durch die
rücksichtslose Weise, mit der sie sich in ihren Denkwürdigkeiten über ihre Familie ausgesprochen hat. Schlosser
war es, der in seiner Geschichte des achtzehnten Jahrhunderts den Ton zur Mißstimmung gegen diese Frau

angab, in einer Form der Entrüstung, die bei einem
weniger derben und rigorosen Leser nur eben wieder
Entrüstung hervorrufen muß.

Allerdings ist die bittere und animose Art, wie
Wilhelmine sich über ihre königlichen Eltern äußert,
nicht zu rechtfertigen, wohl aber zu begreifen. Unsere
Zeit sucht nach dem Einklang zwischen Geist und Gemüth; in jenen Tagen war man allein von dem Bestreben bewegt, nur Geist zu zeigen, selbst auf Kosten
der heiligsten Gefühle. Um einen feinen Witz, ein
überraschendes Bonmot kannte man keine Schonung,
selbst gegen die nächsten Angehörigen nicht, und wenn
diese Sucht auch nur ein gesellschaftlicher Ton war
und am Ende nicht so gefährlich, als er aussehen
mochte, so war dieser Ton wenigstens nicht dazu angethan, die Gemüthsseite des Lebens zu pflegen, das
Familiengefühl zu stärken. Wilhelmine litt an diesem
Uebel ihrer Zeit. Ferner aber waren ihre Denkwürdigkeiten, nicht für die Oeffentlichkeit geschrieben, nur ein
rückhaltsloser Erguß des Herzens, noch dazu geschrieben
in einer Periode ihres Lebens, wo der unterdrückte
Schmerz ihres Herzens um die verlorene Liebe ihres
Gemahls sie die Erlebnisse ihrer bewegten Jugend
dunkler erscheinen und bitterer empfinden ließ, als es
sonst der Fall gewesen wäre. Wenn auch Ungenauig-
keiten und Unrichtigkeiten ihr nachgewiesen werden können,
so waren diese sicherlich nicht mit Bewußtsein geschehen.
Die Markgräfin war mit dem feinen Nervenstoff ihres

Jahrhunderts begabt, und reizbar bis zum Exzeß; sie war eine Frau und schrieb aus der Bewegung ihres Innern heraus, und das eben ist ein Beweis, daß sie nichts weniger als herzlos und gemüthlos war, wie man sie hinzustellen geneigt ist. Dieses und Alles, was man noch weiter gegen sie aufbringen mag, wird glänzend aufgewogen durch den Heroismus der Liebe, mit dem sie zu ihrem Bruder stand in den höchsten Nöthen desselben, und der so stark und mächtig war, daß er mit seiner Gluth endlich ihren schwachen Körper zerbrach.

Die Markgräfin Friederike Sophie Wilhelmine von Brandenburg-Baireuth war die älteste Tochter König Friedrich Wilhelm's I. in Preußen und am 3. Juli 1709 in Berlin geboren. Am 20. November 1731 hatte sie ihren Vetter von der fränkischen Linie der Hohenzollern, den Erbprinzen Friedrich von Brandenburg-Baireuth, der 1735 als Markgraf zur Regierung gelangte, geheirathet. Diese Ehe war gewissermaßen ein Entschluß der Verzweiflung. Wer kennt nicht die Katastrophe aus der Jugendgeschichte Friedrich's des Großen, dieses erschütternde Drama in einem Königshause!

Die alte Verbindung der Hohenzollern mit dem Welfenhause sollte, nachdem aus dem unumschränkten, lustigen Kurfürsten von Hannover ein sehr gravitätischer, sehr umschränkter König von England geworden war, neu und fester hergestellt werden durch das bekannte Doppelheirathsprojekt, nach welchem Wilhelmine ihren Vetter, den Sohn des Prinzen von Wales, späteren Georg's II., der preußische Kronprinz hingegen, deffen Schwester, die englische Königsenkelin, heirathen sollte. Die Königin in Preußen, Tochter Georg's I., eine stolze und ehrgeizige Frau, schwelgte in diesem Gedanken. In ihrem Geiste war er schon so gut wie in Erfüllung gegangen, um so mehr, als ihr Gemahl, der rauhe, nüchterne, polternde und doch so redliche, praktische und kluge König Friedrich Wilhelm I., dem Projekte nicht abgeneigt war. Brauchte er doch seiner Tochter kein Heirathsgut und seinem Sohne keine erhöhte Apanage zu geben; Geld wäre aus England genug gekommen, vielleicht auch einige lange Flügelmänner für die Potsdamer Parade; also war er ganz zufrieden. Wilhelmine — Königin von Großbritannien! Die Königin hatte voraus Alles geordnet, nur eines hatte sie vergeffen — das Haus Habsburg.

Welche gefahrbrohende Macht mußte diesem aus solcher engen Verbindung der zwei evangelischen Mächte erwachsen? Wenn auch nicht England so sehr zu fürchten gewesen wäre, aber doch Preußen, dieses von dem Hause Habsburg stets mit scheelem, argwöhnischem Auge betrachtete »Neu-Königthum« mit seinem bürgerlichen Hofe, seinem puritanischen Staatshaushalte, seinen trefflichen Finanzen und langen Soldaten. Mußte die Schutzherrschaft, die dasselbe bereits mit so vielem Nachdrucke über die in den deutschen Reichslanden unterdrückten Evangelischen ausübte, nicht zu 'einer Macht heranwachsen, die eines Tages dem Hause Habsburg den Fehdehandschuh hinwerfen und die deutsche Kaiserkrone vom Haupte nehmen würde? Wir meinen nicht jene Krone, die im Domschatze zu Aachen verwahrt wurde, sondern die unsichtbare, die der frischerwachte Geist der Nation auf das Haupt dessen drückt, der ihr Sehnen, Fühlen und Denken zur frischen That gestaltet. Darum durften diese Heirathen nicht vollzogen, darum mußte von der östreichisch-gesinnten und bezahlten Umgebung des Königs in dem arglosen Gemüthe desselben Unzufriedenheit, Unwille, Zorn, Argwohn gegen diejenigen geweckt und genährt werden, die seinem Herzen am nächsten standen, gegen Frau und Kinder, vornehmlich gegen Wilhelmine und den Kronprinzen. Zuletzt gelangte denn das schöne Werk der beiden Agenten Grumbkow und Seckendorf zu einer Katastrophe, die selbst den Urhebern den Angstschweiß auf die Stirne trieb, zu dem mißglückten Fluchtversuche des Kronprinzen und seiner und seines Complicen Katte Verurtheilung zum Tode durch ein Kriegsgericht.

Katte mußte vor den Augen des Kronprinzen sterben; von der Vollziehung des Urtheils an dem Kronprinzen vermochten den König nur mit größter Mühe die ernstesten Vorstellungen fremder Höfe und einflußreicher Personen abzubringen. Unter letztere gehörte die energische Frau von Kamele, Oberhofmeisterin der Königin; sie hatte den Muth, dem vor Wuth ergrimmten Könige

zu sagen: »Majestät, Sie haben Sich bis jetzt bemüht, ein
gerechter, guter und gottesfürchtiger Fürst zu sein; Gott
hat Sie zum Lohne dafür mit seinen Segnungen überhäuft, aber zittern Sie, und fürchten Sie das Gericht
Gottes. Er hat zwei Fürsten gestraft, die ebenfalls,
wie Sie es im Sinne haben, das Blut ihrer Söhne
vergossen hatten; Philipp II. und der Czar Peter sind
ohne männliche Nachkommenschaft gestorben; ihre Länder
sind eine Beute äußerer und innerer Kriege, und diese
beiden Monarchen, so groß sie auch waren, der Abscheu
der Menschheit geworden. Gehen Sie in Sich Majestät;
die erste Aufwallung Ihres Zornes ist noch verzeihlich,
aber sie wird strafbar, wenn Sie dieselbe nicht zu überwinden suchen.

Habsburg sah seine Absichten mit Erfolg gekrönt.
Der König bekam eine entschiedene Abneigung gegen die
englischen Heirathen, der Kronprinz sollte vollständige
Verzeihung erhalten und seiner Haft in der Festung
Küstrin entlassen werden, wenn Prinzessin Wilhelmine
sich entschlösse, den Brandenburgischen Vetter, den Erbprinzen von Baireuth, zu heirathen. Und siehe, die
Königstochter opferte sich; denn ein Opfer war es, sich
für einen Gemahl zu erklären, den sie nicht kannte, nie
gesehen hatte, sie opferte sich für ihren Bruder, welcher
der Gegenstand ihrer Liebe und Sorge von Jugend auf
gewesen war; sie opferte sich für die Ruhe und das
Glück ihrer Familie; sie, die einst von vier gekrönten
Häuptern ausersehen war, die Throne von Schweden,

Polen, Rußland, England zu schmücken, sie heirathete
den künftigen Erben eines Landes, das zwar anmuthig
und blühend, aber von einem Umfange war, daß die
Regierungsgeschäfte beim Frühstücke besorgt werden
konnten. Für dieses Opfer dankte ihr aber auch der
Bruder, der spätere König, mit der ganzen Liebe, deren
sein Herz fähig war.

Die Gefahr, welche das Kaiserhaus in diesen
englischen Heirathen gesehen, wäre also glücklich beseitigt gewesen, dafür war aber eine andere, größere,
ungeahnte erwachsen. Die Intriguen des östreichischen Hofes hatten den Jugend-Gährungsprozeß in
dem Erben des preußischen Thrones beschleunigt; je
verwerflicher die Mittel waren, besto heftiger war die
Krisis, und je entschiedener diese, besto glänzender das
Resultat, der feste geschlossene Charakter des Mannes,
der nur den günstigen Zeitpunkt abwartete, dem Hause
Habsburg den hohen Preis für die Schmerzen, Foltern
und Kämpfe abzufordern. Habsburg selbst hatte die
Drachensaat gesäet, und Schlesien ist in der Königskrone
Preußens die zur Perle gewordene Thräne aus Friedrichs
Herzen, geweint um das verlorene Glück der Jugend.

Der Brandenburgische Historiograph, Professor Dr.
Preuß in Berlin, die erste wissenschaftliche Autorität
in friedericianischer Geschichte, dessen reichem historischen
Schatze wir bei der Herausgabe dieser Briefe manches
wichtige Detail, dessen Wohlwollen wir viele Förderung
verdanken, führt in seinem meisterhaft behandelten

Avertissement zu dem Briefwechsel Friedrich's des Großen mit seiner Lieblingsschwester eine Aeußerung an, welche de Catt, der Vorleser Friedrich's des Großen, aus dem Munde desselben vernommen hatte: „In meiner Jugend wollte ich Nichts thun, ich lief immer nur umher. Da sagte meine Schwester von Baireuth zu mir: Schämst Du Dich nicht, Deine Talente so zu vernachlässigen? Und darauf machte ich mich an die Lectüre.“ Wilhelmine legte also in ihren Bruder den ersten Keim und Trieb zur Entfaltung jener in ihrer Mannigfaltigkeit, Kraft und Regsamkeit heute noch von aller Welt angestaunten geistigen Fähigkeiten. Vielleicht war die Schwester mit der Feder in der Hand noch bedeutender als der Bruder, nicht sowohl von der philosophisch-speculativen, als von der plastisch-gestaltenden Seite. Ein paar Zeilen genügen ihr, ein lebendiges, sprechendes, wenn auch groteskes Bild einer Person hinzustellen; plastisch ist auch ihre Schrift mit den männlichen Zügen, während man die weich gezogenen, ja weiblichen Schriftzüge ihres Bruders speculativ nennen möchte.

Wer den Charakter König Friedrich Wilhelm's I. kennt, dem alle Kunst und Wissenschaft ein Gräuel war, dem möchte es auffallend erscheinen, daß gleichwohl seine älteste Tochter eine Erziehung erhielt, die weit über dem Niveau derjenigen stand, welche den Fürstentöchtern damaliger Zeit zu Theil wurde. Im Grunde bekümmerte sich der König wenig um die Erziehung seiner Töchter; was er bei seinem Sohne für eine Gefahr erachtete und

auf jede mögliche Weise zu hindern suchte, ließ er bei
seiner Tochter hingehen, zumal diese zur englischen
Königin ausersehen war, und die Engländer auf solche
Dinge, ihm freilich unbegreiflich, noch etwas gaben.
Jedenfalls respectirte er in Wilhelmine die Erinnerung
an seine geistig erhabene Mutter Sophie Charlotte, die
Freundin und Verehrerin des großen Leibniz, die Stif-
terin der Akademie der Wissenschaften zu Berlin, der
Nachahmung des Instituts von Frankreich. Für die
Wahrnehmung, daß Charaktereigenschaften und geistige
Fähigkeiten gewöhnlich nicht im ersten, sondern im zweiten Gliede wieder zum Vorschein kommen, möchte die
Prinzessin Wilhelmine einen glänzenden Beweis ab-
geben; sie war auch die geistige Enkelin Sophie Char-
lottens; in ihr wirkten und arbeiteten die Bildungs-
elemente der philosophischen Königin fort, und zwar in
directer Linie durch Fräulein von Sonsfeld, welche
früher Hofdame der Königin gewesen war und später
die Stellung einer Erzieherin bei der Prinzessin ein-
nahm. »Sie besprach« schreibt Wilhelmine in ihren
Memoiren, »mit mir täglich Dinge, die am Ende von
keiner großen Bedeutung waren, durch die sie mir aber
dennoch, indem sie von Allem, was vorging, die Gelegenheit ergriff, selbstständige Ansichten beizubringen
suchte. Ich befleißigte mich der Lectüre, die bald meine
Lieblingsbeschäftigung wurde. Durch den Nacheifer,
welchen sie mir einflößte, gewann ich auch Geschmack
an meinen übrigen Studien. Ich lernte Englisch,

Italienisch, Geschichte, Geographie, ich legte mich auf
Philosophie und Musik und machte in kurzer Zeit erstaunliche Fortschritte. Eine wahre Leidenschaft ergriff
mich für das Lernen, so daß man sich zuletzt genöthigt
sah, meinen zu großen Eifer zu beschränken.«

Dieser Eifer hatte sich durch die Appellation der
Schwester an das Ehrgefühl des Bruders auch dem Kronprinzen mitgetheilt. Friedrich kam jeden Nachmittag zu
Wilhelmine, sie lasen, schrieben zusammen und be-
schäftigten sich, ihren Geist zu bilden. Jedenfalls vertrat
hier Wilhelmine schon als die Aeltere die Stelle einer
Lehrerin, sie war bereits geistig entwickelter als der Bruder, sie beaufsichtigte auch die Erziehung ihrer jüngeren
Schwestern und ward, körperlich fast noch ein Kind,
von ihren Eltern und dem Hofe geistig als eine Er-
wachsene behandelt. Daß bei diesen Nachmittags-
exercitien auch manche Allotria unterliefen, läßt sich
denken. Die Schwächen von Personen ihrer Umgebung
machten schon frühe die Spottlust Beider rege. So
wandten sie z. B. Scarrons komischen Roman auf die
kaiserliche Partei am Hofe an, und konnten sich auf diese
Weise, selbst in Gegenwart Anderer, ganz ungenirt über
die verhaßten Persönlichkeiten lustig machen, ohne daß
ein Dritter etwas davon merkte. Grumblow z. B.
war la rancune, Seckendorf la rapine. Wenn die Geschwister über Madame Bouvillon Witze machten, so
meinten sie darunter die gute, in äußerer Fülle etwas
zu sehr aufgegangene Frau von Kamecke, die wir ja

20

bereits kennen. Eines Tages fragte diese, wer denn diese
Madame Bouvillon wäre? Das ist die Oberſthofmeiſterin
der Königin von Spanien, antwortete der Kronprinz,
und man kann ſich wohl denken, mit welcher Miene nach
ſeiner Schweſter hin. Als ſpäter in einem großen
Zirkel der Königin die Rede vom ſpaniſchen Hofe war,
bemerkte Frau von Kameke, die nichts von Scarrons
Roman wußte, daß alle Oberſthofmeiſterinnen der Königin von Spanien aus der Familie der Bouvillons ſeien.
Ein allgemeines Gelächter entſtand, und Frau von Kameke
ſah jetzt wohl ein, daß ſie eine Sottiſe geſagt und vom
Kronprinzen myſtificirt worden war. Aber ſelbſt der
Königliche Vater wurde nicht geſchont und von den ſchlim-
men Kindern mit »le ragotin« bezeichnet — eine Ver-
irrung des kindlichen Herzens, welche ſpäter von der
Markgräfin aufrichtig bereut wurde. Man würde jedoch
beide geiſtige Zwillingsgeſchwiſter in ihrer ſpäter zu Tage
tretenden Eigenthümlichkeit inmitten eines Hofes, an
welchem die ſtrengſte, proteſtantiſche Rechtgläubigkeit
herrſchte, bei dem damaligen verwilderten Zuſtande der
deutſchen Wiſſenſchaft, bei der Bildungsarmuth der Geſell-
ſchaft nicht begreifen können, vergäße man die eigenthüm-
lichen Umſtände, unter denen ihre Jugendbildung begann.

Bekanntlich hatte Friedrich Wilhelm, der große
Kurfürſt von Brandenburg, 1685 den durch die
Aufhebung des Edikts von Nantes aus Frankreich
vertriebenen Evangeliſchen eine Zufluchtsſtätte in
ſeinen Staaten eröffnet; ein Theil der Refügiés kam

21

nach Berlin und gründete hier die noch heute
blühende französische Kolonie. Die Franzosen brachten neue und ergiebige Kunst- und Industriezweige
in das Land, aber auch einen neuen Geist und eine neue
Bildung. Die nüchterne, den Dingen auf den Grund
gehende, Schein und Sein haarscharf trennende Anschauungsweise der Mark bekam durch die Franzosen und
deren Geisteskultur einen scharfen, zugespitzten, treffenden
und oft glänzenden Ausdruck. Deutsche Anlage und
französische Bildung verbanden und ergänzten sich so,
und Wilhelmine und ihr Bruder, aus dem Boden der
Mark erwachsen, von französischen Emigranten, einer
Frau von Rocoulles, Fräulein von Montbail, einem
Onhan, La Croze erzogen, sind als die glänzenden und
charakteristischen Ergebnisse jener Verschmelzung, als die
ersten Repräsentanten einer Geistesrichtung zu betrachten, die in Deutschland heute noch als vereinzelt da-
steht und die man speziell als »Berliner Geist« bezeich-
nen könnte.

Die erste Bekanntschaft beider Geschwister mit Voltaire, dem hellstrahlenden Sterne, der in den ersten Jahr-
zehnten des achtzehnten Jahrhunderts in der französischen
Literatur, damals der Weltliteratur, aufgegangen war,
ist wohl in diese heimlichen Nachmittagsandachten zu
verlegen. Mit welcher Begierde mag man die Henriade
verschlungen haben! Wie sanft und wohllautend flossen
diese Verse dahin, gegen diejenigen, welche man aus dem
deutschen Gesangbuche alle Sonntage zweimal singen

mußte! Wie mag man bei biefem verbotenen Genuße
sich vor ber Ueberraschung burch ben Herrn Papa ge-
fürchtet haben, unb um wie viel wurde baburch jener
Genuß erhöht! Was war Oedipe für eine erhabene
Poesie gegen bie rohen beutschen Comöblen, bie man so
oft in ber Gegenwart bes Königs anzusehen gezwungen
war! Welch' frischer, lebenbiger Quell sprang in Voltaire's französischen Präparaten englischer Denker, was
war bie Geistesfreiheit eines Newton, Locke, Pope, gegen bie pietistische Beschränktheit bes Pastors Francke
aus Halle, bessen Betstunden bie königlichen Kinder
aushalten mußten! Unb erst bie Verse, biese graziösen,
petillanten, geistsprühenben Verse — ja bie neue Geistes-
offenbarung hieß Voltaire.

Die erste schriftliche Annäherung bes Kronprinzen
an Voltaire geschah in bem bekannten Briefe vom 8. Au.
gust 1736; er enthielt ein vollstänbiges, geistiges Glaubensbekenntniß bes vierunbzwanzigjährigen Prinzen unb
schloß mit einer Einlabung nach Rheinsberg. Voltaire
fühlte sich von biesem hulbigenben Briefe aufs Höchste
geschmeichelt. »Das ist ein philosophischer Prinz,
bas ist ein Mensch unb folglich ein sehr selten Ding,«
schrieb er an einen seiner Freunde. Natürlich war er
bemüht, bie Kunbe bavon überall hin zu verbreiten,
so baß sie auch ben Weg in beutsche Zeitungen fanb.
Unter biesen war ber »Nürnberger Friebens- unb Kriegs-
kurier« eine ber hervorragenbsten, unb ber Rebakteur
besselben ist gemeint, wenn Friebrich, jebenfalls auf

die Mittheilung seiner Schwester hin, in einem Briefe
vom 3. Februar 1737 an dieselbe schreibt: »Ich
weiß nicht, wodurch ich mich bei dem Nürnberger Zei-
tungsschreiber so sehr in Gunst gesetzt habe; jedenfalls
thut er mir sehr viel Ehre an, mich so hoch zu stellen,
mich, der ich nichts als ein unwissender Mensch bin,
und der ich nur ein Verdienst habe, nämlich nicht blind
in Bezug auf mich selbst zu sein. Voltaire steht mit
mir in Briefwechsel und vielleicht hat man daraus angenommen, daß er hierher kommen würde.« Hier ge-
schieht zwischen den Geschwistern die erste, bis jetzt bekannte, schriftliche Erwähnung des Schriftstellers und
dann nur noch einmal ganz flüchtig. Der Herbst des
Jahres 1740 brachte endlich nach vier Jahren einer sehr
lebhaften und emphatischen Correspondenz mit dem
Kronprinzen von Preußen die längst gewünschte persönliche Zusammenkunft mit dem Könige in Preußen auf
Schloß Mohland in der Nähe von Wesel. Voltaire
fand seinen Freund »einen kleinen, in einen Hausrock
von grobem blauen Tuche eingehüllten und von Fieber
geschüttelten Mann.« Herr von Voltaire! lautete die
Meldung des Einführenden. Voltaire ist da — der
Längstersehnte, ungedulbig Erwartete — »die Hoffnung
des Menschengeschlechtes« und dieser kleine, junge Mann
im Fieberanfalle ist »der Salomon des Nordens«. Ob
sich der König »die Hoffnung des Menschengeschlechtes«
so mager und gebrechlich, ob sich der Dichter »den Salomon des Nordens« so klein und in so dürftiger Um-

gebung — das Zimmer waren vier nackte Mauern und es brannte nur ein Licht — vorgestellt hatte? Voltaire ist da! Die finstern Dämonen des Fiebers flohen jetzt vor dem leuchtenden Antlitz des Sohnes Apolls ebenso schnell, wie vier Wochen später, am 26. Oktober, bei der Nachricht von dem Tode des letzten Habsburgers. Der zweite Besuch Voltaire's folgte sehr schnell dem ersten. Am 21. November desselben Jahres sehen wir ihn in Rheinsberg ankommen, angeblich um dem Könige Bericht über den Druck des Antimacchiavel abzustatten, in Wahrheit aber im Auftrage des französischen Cardinalministers Fleury. Gegen den Rhein hin läßt der König befestigen — das macht in Paris dem alten Herrn in Purpur, der durchaus mit seinem Portefeuille vor dem Throne Gottes erscheinen will, Sorge — unnöthigerweise — gegen den Rhein macht der König Bewegungen, und an Schlesien denkt er. Der französische Gesandte in Berlin, Marquis von Beauveau, kann kein Licht in der Sache erhalten; was einem Diplomaten unmöglich ist, bekömmt vielleicht ein Freund aus dem Könige heraus, und Voltaire wäre der glücklichste Sterbliche, wenn er eines Tages, und wäre es an dem kleinsten Hofe, als außerordentlicher Gesandter Seiner allerchristlichsten Majestät empfangen werden könnte. Friedrich blieb aber auch gegen »die Hoffnung des Menschengeschlechtes« undurchdringlich, und so mag es wohl gekommen sein, daß der König eines Abends, die erneuten, vorsichtigen Forschungen seines Freundes abbrechend,

denselben bei der Hand genommen und zu einer Dame
geführt haben mag, mit den Worten: »Hier stelle ich
Sie meiner geliebten Schwester vor«. Diese Dame
von zartem, feinem Wuchse mit einem kleinen, fein mo-
belirten Kopfe, einem Antlitze, deſſen Haut ſo weiß und
zart war, daß man, wie bei jener ſchönen Augsburgerin,
wenn ſie trank, die Spur des rothen Weines verfolgen
konnte, dieſe Frau, deren große, helle, blaue Augen
gewiß voll begeiſterten Intereſſes dem hochverehrten
Genius entgegen kamen und deren kleiner, graziöser,
ſonſt etwas ſpöttiſch gezogener Mund den Gelehrten und
Dichter in der Sprache ſeines Vaterlandes mit Aus-
drüden der Verehrung überhäuft haben wird, — dieſe
Dame war die Markgräfin von Baireuth.

Welch ungebundenes, heiteres, anziehendes und ge-
nußreiches Leben in dieſem zwölf Meilen von Berlin
entfernten, von Seen, Hügeln, Buchenwäldern umge-
benen, vom Kronprinzen Friedrich erbauten Schloſſe
von Rheinsberg! Hier wurden die weißen Nächte von
Sceaux wiederholt, mit dem Unterſchiede, daß keine
Verſchwörungen geſchmiedet wurden, und wenn, dann
höchſtens gegen die Langeweile. Es iſt, als ob Watteau
und Lancret, mit deren Werken das Schloß angefüllt iſt,
in Gebüſchen verſtedt, hier die Vorbilder zu ihren köſt-
lichen Darſtellungen gefunden hätten. Seen, Gärten,
Pavillons, Grotten, Einſiedeleien, belebt von luſtigen,
witzigen Kavalieren, von ſchönen, galanten Damen,
Alles ſingend, jubelnd, tanzend, ſpielend und koketti-

renb. Wenn der Abend kommt, der frühe, in jener Gegend so rauhe Herbstabend, dann flammen die Kerzen in dem großen sechsfenstrigen, vergoldeten, von Pesne gemalten Spiegelgemach der Königin auf. Der König, des Tages über ernsten Entwürfen gegen das Haus Habsburg brütend und denkend, kommt nun zum Vorschein. Das Concert beginnt, der König führt die Markgräfin an das Klavier, greift selbst zur Flöte und bläst eins jener Abaglio's, in denen er Meister ist und alle Welt entzückte. Die Pausen zwischen den einzelnen Vorträgen werden von der Markgräfin in philosophischen oder witzig heiteren Gesprächen mit Maupertuis, Algarotti, Jordan, Keyserling verbracht, vornemlich aber mit Voltaire, der ihr neu und so galant, sprühend und glänzend ist, als wäre er ein Madrigal von sich selbst.

Wie viele Berührungspunkte giebt es zwischen Beiden! Wie denkt Voltaire über sein Verhältniß zu dem Hofe von Versailles, was hält er von Ludwig XV., was von Frau von Pompadour und dem Cardinal Fleury? Giebt er in der Tragödie der Lecouvreur oder der Clairon den Vorzug? Wer ist tiefer in der Musik, Hasse oder Graun? Welche Resultate hat er aus dem Studium Newton's gewonnen? Welches Urtheil fällt er über Wolff, den philosophischen Meister ihres Bruders, welches über Descartes, zu welchem sie geschworen hat? Herrliche, unvergeßliche Tage! Sie waren auch die letzten des Glanzes von Rheinsberg! Hier war das

eigentliche Sanssouci des großen Königs, und merkwürdiger Weise hat er es in seinem Leben nicht
wieder gesehen. Diesen Tagen folgten noch vierzehn
des Zusammenseins in Berlin nach; dann kehrte
Voltaire mit Ehren überhäuft, aber als der Ver-
schwiegene wider Willen in Bezug auf die Pläne des
Königs nach Brüssel zur Marquise du Chatelet, die
Markgräfin aber erst nach der Eroberung Schlesiens,
die bekanntlich sehr schnell ging, und nach der Rückkehr
ihres Bruders am 5. Juni 1741 nach Baireuth zurück.
Die Eindrücke, die sie von der Persönlichkeit Voltaire's
erhalten hatte, wirkten in ihr fort. Ein Jahr darauf
langte, vielleicht zum Andenken des Tages der ersten
persönlichen Begegnung, in Cirey oder Brüssel ein Packet,
wahrscheinlich ein Geschenk enthaltend, an. Dasselbe
war begleitet von einem Briefe des Leibarztes und
zugleich Geheimsecretairs der Markgräfin in literarischen Dingen, des Herrn von Superville oder des
Philosophen Superville, um mit Voltaire zu
sprechen. Wer war im vorigen Jahrhundert nicht
Philosoph! Die Philosophie war Mode, wie heute die
exakten Wissenschaften, und wie heutzutage sich Jeder für
einen Naturkundigen hält, der da weiß, daß das Feuer
kein Stoff, sondern eine Kraft ist, so war auch damals
jeder Philosoph, der nicht an den Kirchenteufel glaubte.
Auf die Sendung der Markgräfin und den Brief ihres
Leibarztes, desselben Superville's, dem sie später das
Manuscript ihrer berühmten Memoiren übergab, war

von des Dichters Seite keine Antwort erfolgt. Möglich,
daß die Markgräfin eine leise Aeußerung der Verwun-
derung von sich gab, vielleicht durch Herrn von Superville, genug an einem Oktobertage kam das erste Brief-
blatt, von des Dichters eigner Hand geschrieben, im
Schlosse von Baireuth an. Voltaire befand sich damals
in Brüssel, wohin er sich zeitweise mit der Marquise du
Chatelet begab, und von wo aus er zwischen dem ersten
und neunten September seinen königlichen Freund, den
Sieger von Mollwitz und Czaslau, in den Bädern von
Aachen begrüßt hatte.

Von Voltaire.

Brüssel, den 26. September 1742.

O du, Minerva gleich in jeder Kunst,
Welch' schrecklich Mißgeschick hat mich erkoren,
Daß mehr als sechzig Verse ich verloren
Und auch die Ehre deiner Gunst?
Wie's armen Sterblichen so oft ergeht,
Wenn Herz und Hand zur Andacht sie erhebend,
Am Fuß des Hochaltars abmurmeln ihr Gebet —
Ein Teufel kommt, verrennt den Weg zu allen Himmelsthoren,
Und alles Beten ist umsonst — verloren.

»Daraus mögen Eure Königliche Hoheit erkennen, wie
es mir ergangen ist. Ungefähr vor einem Jahre erhielt
ich Ihrerseits ein kleines, allerliebstes Packet mit einem
Briefe des Philosophen Herrn von Superville. Ich

mußte nach Paris abreisen eben in dem Augenblicke, wo ich diesen Beweis Ihrer Güte und Huld erhielt. Apollo, die neun Musen und die große Gottheit der Dankbarkeit nehme ich zu Zeugen, daß ich auf dem Wege eine sehr beträchtliche Anzahl schlechter Verse machte; in Paris angekommen, schrieb ich zu diesen Versen vier Seiten Prosa und trug das enorme Packet persönlich auf die Pariser Hauptpost. Nach der Dringlichkeit, mit der ich es empfahl, hat man darin jedenfalls große Staatsgeheimnisse gewittert. Wie werden die Neugierigen verblüfft gewesen sein! In höherem Grade jedoch bin ich es, Madame, nach dem was mir heute zukommt. Ich muß erfahren, daß Ew. Königliche Hoheit weder Prosa noch Verse erhalten haben, und daß Sie mich und zwar mit Recht für einen trägen Barbaren halten werden, ohne jegliche Kenntniß dessen, was sich schickt. Seien Sie gerecht Madame, denken Sie, wie unmöglich es ist, Ihre Huld und Gnade zu vergessen, und glauben Sie, daß ich nicht nur die Ehre hatte, Ew. Königlichen Hoheit zu schreiben, sondern daß ich persönlich Ihnen meinen Dank in Ihrer Heimath abgestattet haben würde, wenn eben die Verhältnisse mir diese angenehme Reise gestattet hätten. Niemals jedoch, Madame, werde ich die fürstliche Philosophin, die Beschützerin der Künste, die musikalische Meisterin, das Vorbild aller geselligen Tugenden vergessen. Ihr durchlauchtigster Bruder, der König, der bald hier bald dort ist, hatte mich vor nicht langer Zeit nach Aachen befohlen. Ich sah ihn, Madame, er erschien wie ein Held, machte sich über die Aerzte lustig und badete zu seinem Vergnügen. Ich fand keine Veränderungen an ihm, vielleicht nur in seinem Gesichte. Vor zwei Jahren hatte ich es vom Quartanfieber etwas abgemagert gesehen, jetzt hat es an Rundung zugenommen, die zu einem Lorbeerkranze vortrefflich steht. Trotz seiner zwei Siege ist der König ebenso menschlich und leutselig geblieben, als er es früher war. Ach Madame, niemals werde ich aufhören, mit wehmüthiger Freude an die Tage zurückzudenken, wo ich in der Zurückgezogenheit von Rheinsberg Ew. Königlichen Hoheit und Seiner Majestät meine Huldigungen darzubringen die Ehre hatte. Ebenso wird mir die Gnade, die mir von Seiner Hochfürstlichen Durchlaucht dem Markgrafen zu Theil wurde, immer gegenwärtig bleiben, und mein sehnlichster Wunsch ist, wenigstens noch ein Mal in meinem Leben gleiche Ehre genießen zu dürfen. Unter Versicherung meines tiefsten Respektes bin ich

Eurer Königlichen Hoheit

unterthänigster und gehorsamster Diener

Voltaire.«

Der ironische Zufall schien es fügen zu wollen, daß die Markgräfin immer mit Voltaire zusammentreffen sollte, wenn er seine diplomatischen Anwandlungen hatte. Richelieu, der große Staatsmann, wollte ein

großer Dichter, Voltaire, der große Schriftsteller, dagegen ein großer Staatsmann sein, und Beide machten
in dem, was sie sein wollten, Fiasco. So auch wieder
Voltaire, als er im August 1743 von Paris nach Berlin
kam, um den König in dem östreichisch-bairischen Erbfolge-
krieg zu einer Aktion, b. h. zur Aufstellung einer Neu-
tralitäts-Armee zu Gunsten des bairischen Kurfürsten
und unglücklichen deutschen Kaisers Karl VII. und des
mit ihm verbündeten französischen Kabinets Amelot-
Maurepas zu bewegen. Der König hatte aber keine
Lust, in diesem unglücklichen Handel die Kastanien aus
dem Feuer zu holen; er lachte Voltaire aus, als dieser
anfangs tastend, dann deutlicher mit seinem Auftrage,
oder wie man es nennen mag, hervortrat, und forderte
ihn auf, anstatt den diplomatischen Agenten zu spielen,
lieber sein Begleiter auf einer Reise nach Baireuth zu
sein. Da war der brillante Schriftsteller allerdings
besser am Platze. Friedrich hatte auch eine politische
That im Sinne, aber nicht eine nach Frankreichs Vor-
schlage, sondern er strebte zur Aufrechthaltung des
schwachen Karls VII. gegen Oestreich einen deutschen
Fürstenbund an und machte zu dem Zwecke einen Ab-
stecher nach Ansbach, wo er auch den Fürstbischof von
Würzburg zu finden hoffte, um die fränkischen Fürsten
über sein Projekt zu sondiren. Voltaire blieb zurück.
Wie hätte auch der König daran denken können, ihn den
Rosenketten zu entziehen, die sich hier um ihn schlangen,
gewunden von zarten, fürstlichen Händen! Da war die

Markgräfin, die sich aus diesen wenigen Glückstagen geistige Anregung vielleicht für eine lange, unfruchtbare Zeit sichern mußte, da war ferner die Herzogin von Württemberg, die spätere Schwiegermutter der Tochter Wilhelminens, eine Frau nicht ohne Geist, aber etwas auffallenden Benehmens, die sich Nachts hinsetzte und mit eigner Hand: »La pucelle« abschrieb. Da waren so viele junge, anmuthige und liebenswürdige Hoffräuleins, die vielleicht weniger von seinen Schriften gelesen hatten als sie ihn aus pflichtschuldiger Courtoisie bewunderten und wie lachende, scherzende Grazien umschwebten. — Wie viel Jugend, Schönheit, Lachen, Scherzen, Kokettiren, Fächeln und Schweben um ihn und er — der Glückselige — mitten drinnen! Wir glauben es vollkommen, wenn Wilhelmine an den König nach Ansbach schreibt: »Er hat den besten Humor von der Welt.« So ein wenig weiblicher Götzendienst war ganz nach Voltaire's Geschmack. Trotzdem die Prinzen August Wilhelm von Preußen und Ferdinand von Braunschweig in Baireuth zurückgeblieben waren, war er doch der König »der glänzenden Vergnügungen«, wie der König in einer poetischen Ansprache an seine Schwester die Reihe der Baireuther Festlichkeiten bezeichnet. — Natürlich hatte Wilhelmine Alles aufgeboten, um ihren Gästen den Aufenthalt so genußreich als möglich zu machen, vielleicht auch um den Ihrigen zu zeigen, daß sie auf ihre ehemalige Bestimmung zu Glanz und Größe vollständig resignirt habe

unb baß man ſich auch in ſtillen, von aller Bewegung
bes großen Lebens abgeſchloſſenen Thälern Freuden unb
Genüſſe verſchaffen könne.

Die Markgräfin hatte, eine halbe Meile von Baireuth entfernt, auf einem grünen von einem ſanften
Fluſſe umſchlungenen Hügel ein kleines Parabies,
»Eremitage« genannt, gegründet. Ein in Ruſtical-
ſtyl erbautes Schloß von nur einem Stockwerk, wie
ſpäter Sansſouci, barin kühle, hohe Säle aus bem
ſchönen Marmor bes Fichtelgebirges. Zu ben noch
heute exiſtirenden Appartements ber Markgräfin gehörte
ein Gemach von japaniſcher Boiſerie, Geſchenk bes Königs, ein Muſikzimmer von weißem unb grünem Marmor
mit muſikaliſchen Emblemen, oben friesartig mit ben Bilbniſſen ber ſchönſten fürſtlichen Perſonen bamaliger Zeit
geſchmückt; Voltaire war nicht barunter, es waren nur
Damen; baneben, nur mit einem Fenſter hinaus in bie
grüne Einſamkeit bes Gartens ſchauenb, ein Gemach in
braunem Lack mit erhabenen, ber Natur nachgebilbeten
Blumen, ſtill, verborgen, zum Denken, Dichten unb
Träumen gemacht. »Hier iſt es«, ſchreibt ſie in bieſem
traulichen Raume, »wo ich bieſe Memoiren ſchreibe unb
viele Stunden mit meinen Betrachtungen verbringe.«
Unten am Fuße bes grünen Hügels verbarg ſich unter
hochragenben, bichten Bäumen eine Einſiebelei, bie
Ruinen eines ben Muſen geweihten Tempels barſtellenb;
innerhalb beſſelben ein Gemach mit Majoliken, ein an-
beres mit ben Bilbniſſen ber berühmteſten Philoſophen

neuerer Zeit. Wie mag Voltaire geschmunzelt haben,
als er hier sein Bildniß neben denen von Descartes,
Newton, Leibniz, Locke, Bayle erblickte! Weiter oben
ein großes Theater, wo man im Freien Opern aufführen
konnte, außerdem Parnasse, Grotten, künstliche Wasser-
werke, dichte, lange Lindenalleen, durch die kein Strahl
der Sonne bringt, Bäume, Felsen und Wasser und
über dem Allem zur Zeit unseres Besuches die warme
Herbstsonne, die jener grünen, anmuthigen, von den
blauen Höhen des Fichtelgebirges begrenzten Landschaft
einen mit so tiefen, glühenden Farben getränkten Nach-
sommer zu verleihen pflegt. In Eremitage müssen wir
uns die Mehrzahl dieser Feste denken, in deren Au-
ordnung die Phantasie des vorigen Jahrhunderts so
fruchtbar war. Porporino half sie durch seine Kunst ver-
herrlichen und heute noch lebt unter den Einwohnern
von Baireuth die Tradition, daß Voltaire in »Mort de
César« gespielt habe, b. h. nicht in dem offenen Theater,
sondern in dem, welches im Schlosse von Baireuth auf-
geschlagen war, in demselben Schlosse, wo die weiße
Frau umgehen sollte; eine weise Frau ging allerdings
darin um.

Der Aufenthalt am dortigen Hofe währte vierzehn
Tage; es war das erste und einzige Mal, daß Voltaire
in Baireuth war, aber diese Tage voll heiteren Glanzes,
sinniger Beziehungen und poetischer Huldigungen brei-
teten noch lange einen verklärenden Nachglanz über sein
Leben aus; der Eindruck von Baireuth auf ihn war

derselbe, den ein stilles, verborgenes, anmuthiges Thal
auf den von den Stürmen des Lebens unaufhörlich Hin-
und Hergeschleuderten ausübt. »Baireuth ist ein wunder-
lieblicher stiller Ort,« schreibt der Dichter unter dem
16. Oktober 1743 an Maupertuis, »man kann da alle
Annehmlichkeiten eines Hofes ohne die Unbequemlich-
keit der großen Welt genießen.«

Das Bedürfniß Voltaire's war, sich von einer Frau
anbeten zu lassen. Erst waren es Schauspielerinnen,
welche diesen Dienst verrichteten, dann folgte ihnen
die Marquise du Chatelet, »Uranie,« wie er sie in
der Epistel nennt, welche er an der Spitze der »Ele-
ments de la philosophie de Newton« an sie gerichtet
hatte. Ihre Leidenschaften waren Voltaire und Al-
gebra. Von seiner Seite war weniger Passion im
Spiele, im Anfang liebte er die Marquise vielleicht
aus Curiosität — eine mathematische Geliebte war neu
und pikant — dann aus Gewohnheit. »La sublime
Emilie« war sehr eifersüchtig. Wenn auch äußerlich
kein Engel mehr, trieb sie mit dem Flammenschwerte
jedweden anderen weiblichen Einfluß aus ihrem Paradiese. Nur die gute Madame de Graffigny, die
Verfasserin der »Lettres peruviennes« und anderer
Sächelchen, wurde in Cirey geduldet; ihre sechsundfunfzig
Jahre waren nicht mehr gefährlich. Daher die auf-
fallende Erscheinung, daß in der Cirey-Periode der Briefwechsel Voltaires mit Frauen ungleich spärlicher ist, als
vor- und nachher. Durch den Tod der Marquise, am

10. September 1749 in Luneville, kam es zu einem
großen Wendepunkte in dem Leben des Dichters. Was
hielt ihn noch in seinem Vaterlande, daß er jetzt den
lockenden Anerbietungen seines königlichen Freundes, die
seit dreizehn Jahren so oft und in neuester Zeit drin-
geuder als je wiederholt worden waren, nicht folgen
sollte? Etwa die Verfolgungen der Jesuiten, oder die
Abneigung Ludwigs XV., oder die Angriffe neidischer,
mißgünstiger Schriftsteller? In seinem Vaterlande sah
er einen Staat durch eine schlechte Regierung unter-
gehen, in Preußen durch eine weise sich mächtig
emporheben. Voltaire sehnte sich zudem nach einer
ruhigen Freistatt. Aus Sanssouci winkte ihm Ruhe,
Ehre, Freiheit — ein neues Leben. Welches Wonne-
gefühl für ihn, als er am 25. September 1750 bei
dem berühmten von 30,000 Lampen beleuchteten Car-
rouffel in Berlin erschien und es flüsternd, bewundernd
durch die ganze Versammlung ging: Voltaire, Voltaire!
Dieses großartige Fest im Berliner Lustgarten, war zu
Ehren der Markgräfin von Baireuth veranstaltet. Sieben
Jahre hatten sich Beide nicht gesehen, auch keinen schrift-
lichen Verkehr gehabt, obschon sie immerhin Beziehungen
durch Dritte unterhalten haben mochten, z. B. durch Superville. Hier abwechselnd, in Berlin und Potsdam, während eines fast dreimonatlichen Aufenthalts Wilhelminens,
vom 8. August bis 26. November 1750, vollendete sich
die Bekanntschaft Beider, von da aus wurden die Beziehungen enger und der briefliche Verkehr reger. Die Ehe

Wilhelminens war seit 1740, von dem Augenblicke an keine
glückliche mehr gewesen, wo sie die Ueberzeugung gewinnen
mußte, daß sie nicht mehr ausschließlich das Herz ihres
Mannes besitze, daß eine ihrer Hofdamen, und gerade
diejenige, welche in ihrem Herzen und in ihrer Gunst
am höchsten gestanden, ihr dieses Glück geraubt habe.
Hier war die Stelle, wo sie Weib war, wie jedes andere,
und über den ersten, gewaltigen Schmerz halfen ihr nicht
die idées innées des Descartes hinweg. Hier mußte
gekämpft, geweint, gelitten werden. Wer weiß, ob sie
nicht um ein Liebeszeichen aus der Zeit ihres Glückes,
gern all ihr Wissen dahingegeben hätte? Sie war keine
sinnliche, aber eine liebebedürftige Natur. Anne Dul-
derin, ergieb dich in das »Vorbei!« mit den Finsternissen
und Abgründen des Schmerzes; was man geliebt hat
und verloren, bleibt verloren — todt. Und sie ergab sich
in ihr Schicksal.

Innerhalb sieben Jahre waren in ihr mannichfache
Wandlungen vorgegangen. Kummer und Schmerz hatten
sie an inneren Erfahrungen reicher, geistiger Anregungen
bedürftiger, zu vertraulichem Verkehr mittheilsamer gemacht. Die Markgräfin geht mündlich mit dem Dichter
in die Details ihres häuslichen Lebens ein; die geistige
Spannkraft der Jugend ist vorüber; sie braucht Umgebung, Gesellschaft und da diese in Baireuth nicht zu
finden war, so will für Beides Voltaire sorgen. Zuerst
schickt er zur Vervollständigung der französischen Schau-
spiel-Gesellschaft einen Schauspieler Heurtaub nach

Baireuth, welcher früher neben Lelain auf dem Haus-
theater, welches Voltaire in Paris zur Aufführung seiner
Stücke unterhalten, gespielt hatte. Der Hof von Baireuth unterhielt nämlich italiänische Oper und französische Comödie, die Confuelo und Lelain hatten dort gespielt. Markgraf Friedrich hatte ein Opernhaus erbauen
lassen, welches wegen seiner Pracht und Größe noch
heute die Bewunderung erregt und das den Königlichen
Schwager, als er dasselbe sah, zu der Frage drängte:
Woher bekommt Ihr das viele Geld? Näher hätte die
Frage gelegen: Woher kommt für dieses koloſſale Haus
das Publikum? Aber nicht allein Acteurs, auch andere
Personen wurden nach der lieblichen Residenz im Main-
thale birlgirt. »Die Frau Markgräfin von Baireuth
möchte gerne Frau von Graffigny in ihre Nähe ziehen,«
schreibt Voltaire unter dem 22. August 1750 an seine
Nichte Madame Denis »und ich schlage ihr auch den Marquis von Abhemar vor. Im Militär ist hier für ihn kein
Platz, er müßte wenigstens gut deutsch können und das
wäre noch das geringste Hinderniß. Nach meiner
Meinung könnte er während des Friedens nichts Besseres
thun, als sich an den Hof von Baireuth fesseln. Die
meisten deutschen Höfe gleichen in der That denen der
alten Palatine, wenigstens während der Turniere. Es
sind alte Schlöſſer und man sucht sich da angenehm zu
unterhalten. Schöne Hofdamen sind da, elegante Ca-
valiere, man läßt sich Jongleurs kommen. In Baireuth
ist auch italiänische Oper und französisches Schauspiel

nebſt einer ſchönen Bibliothek, von welcher die Fürſtin einen vortrefflichen Gebrauch macht. Ich glaube wahrhaftig, daß das ein Kauf ſein wird, für welchen mir beide Theile Dank wiſſen werden. Was Madame la Peruvienne anlangt, ſo iſt ſie ſchwerer zu verpflanzen. Sie iſt in Paris heimiſch geworden, gilt dort etwas und hat Freunde, die man in ihrem Alter nicht gern aufgiebt.«

Vielleicht hat Voltaire Urſache, das Placement der Frau von Graffigny bei der Markgräfin nicht zu wünſchen, die peruvianiſche Freundin war in Cirey Zeugin ſo mancher Scenen zwiſchen dem Dichter und ſeiner Uranie, von denen Erſterer vielleicht nicht gerne geſprochen haben wollte, und Madame de Graffigny ſchien gerne zu ſprechen. Oblge Worte gehen wie ein leiſer Fingerzeig nach Paris, und von Madame Denis mag eine gleichlautende Antwort eingelaufen ſein; denn in dieſer Weiſe lautet der Beſcheid an die Markgräfin in einem Billet ohne Datum und Jahreszahl. Daſſelbe kann aber nur in den letzten Tagen des September beſſelben Jahres geſchrieben ſein. Voltaire ſpricht in einem Briefe an Madame Denis, vom 12. September 1750, von der Aufführung der Tragödie Rome sauvée auf einem Theater im Vorzimmer der Prinzeß Amalie; er ſelbſt hatte den Cicero geſpielt und das Stück war mehrere Male im Laufe des Septembers wiederholt worden, nachdem der König, am 22. September, aus Schleſien zurückgekehrt war. Ein weiterer Beweis für die Richtigkeit unſerer Annahme möchte ein Brief des Schriftſtellers an ſeine zweite Nichte, Madame

be Fontaine, vom 23. September 1750, fein, worin
er von ähnlichen Krankheitsfällen spricht. Folgendes
ist ein Billet, wie man, gezwungen das Zimmer zu
hüten, es von Thüre zu Thüre schreibt; so mag auch
das folgende nur die Corridore des Berliner Schlosses
passirt haben.

Madame!

Ew. Königliche Hoheit werden wohl auf Frau von
Graffigny verzichten müssen. Sie ist alt und krank.
Aber Sie sind auch krank und alt, werden mir Ew. Königliche Hoheit sagen. Ja wohl, Madame, aber ich
habe die Leidenschaften der Jugend und Ihr Bruder,
der König, verjüngt mich.

Um es kurz zu sagen, Frau von Graffigny will
Paris nicht verlassen, ebensowenig als ich Friedrich
den Großen. Jedermann in dieser Welt wird nun
einmal von seinen Neigungen regiert. Jedoch werde
ich Ihnen irgend ein weibliches Wesen ausfindig
machen, das von gefälligen Manieren, nicht jung und
auch nicht alt ist, keine Klatschereien macht, eine Dame
von Geist, guten Sitten und gesellschaftlicher Stellung,
und dies Alles sollen Sie um dasselbe geringe Honorar
haben, wie einen gewissen, kleinen, närrischen Menschen
Namens Heurtaub, den Herr von Montperny in Baireuth zurückbehalten hat. In der Tragödie entlockt er
Einem die Thränen, während man sich im Lustspiele
über ihn todtlachen möchte.

Heute nicht »Rome sauvée«. Sie können also die Gesellschaft des Königs ganz nach Ihrem Belieben genießen. Außerdem ist Cicero wieder von seinen höllischen Kolikschmerzen heimgesucht und kann heute nicht in Glanzschuhen erscheinen, um Ihnen seine Ehrfurcht zu bezeigen.

Ich lege mich zu den Füßen Ew. Königlichen Hoheit.

v.

Die Markgräfin war am 26. November 1750 in ihre Heimath zurückgekehrt. Voltaire ließ sich endlich bewegen, in Berlin und in der Nähe des Königs zu bleiben, d. h. sein Entschluß hatte schon festgestanden, als er nach Berlin gekommen war, es hatte sich nur um den Preis seines Verbleibens gehandelt, und um diesen möglichst zu erhöhen, drohte er, nach Frankreich zu gehen, dann »seine Wallfahrt nach Italien zu machen, St. Peter von Rom, den Papst und die mediceische Venus zu sehen.« Er ging aber nicht nach Frankreich, er sah niemals Italien; der König gab ihm den Orden d. h. pour le mérite, den Kammerherrnschlüssel, eine Pension von 4000 Thlrn. und Madame Denis eine zweite von 4000 Livres, überdies hatte er Wohnung, Tafel und Equipage in den Schlössern von Berlin und Potsdam. Was wollte er noch mehr? Der Dichter und die Markgräfin hatten sich beim Abschied das Versprechen gegeben, eine Korrespondenz zu unterhalten. Voltaire eröffnete dieselbe. Es lag ihm viel daran, den Marquis

von Abhemar in eine Stellung zu dem Baireuther Hofe
zu bringen, wir wollen glauben aus ebensoviel Interesse
für die Markgräfin, als für seinen Freund. Wer der
Marquis von Abhemar gewesen? Eine Bekanntschaft
des Dichters vom Hofe des Königs Stanislaus in Luneville, aus jenem komischen Intermezzo, welches damit
begann, daß der Beichtvater des alt und schwach gewordenen Polenkönigs Stanislaus, der Jesuit Menou,
eifersüchtig auf den Einfluß der Favorite des Königs,
der Marquise von Boufflers, dieselbe durch die Marquise du Chatelet ersetzen wollte. Voltaire und seine
Freundin kamen auch wirklich nach Luneville, aber anstatt gegen die Marquise von Boufflers Partei zu ergreifen, verbanden sie sich mit derselben auf's Engste,
um dem Jesuitenpater zu Leibe zu gehen.

Man darf annehmen, daß sich die Bekanntschaft
Voltaire's mit Abhemar aus dem Jahre 1749 datirt. Wir denken uns das Verhältniß so: Der
Marquis, einem sehr alten, früher sogar souverainen
Adelsgeschlechte Frankreichs angehörend, ein junger,
für die Poesie empfänglicher Mann, kam dem berühmten Schriftsteller mit dem Gefühle der Bewunderung, Verehrung entgegen, wofür Voltaire stets
sehr empfänglich und dankbar war. Abhemar brachte
den Winter 1749—1750 in Paris zu, fand in Voltaire's häuslichem Kreise Zutritt, war hier auch als
Schauspieler, unter Anderm als Cäsar in Rome sauvée
thätig und scheint sich die volle Gunst, nicht nur des

Dichters, sondern auch der Nichte, erworben zu haben.
Ein Bild von Madame Denis hängt im rothen Zimmer
von Sanssouci; dasselbe zeigt ein noch ziemlich junges,
hübsches Gesicht mit dem koketten Ausdrucke, den alle
Bilder dieser Zeit haben. Madame Denis war für
Huldigungen noch sehr empfänglich, und eben deswegen
vielleicht gab Voltaire sich so erstaunliche Mühe, den
Marquis nach Baireuth, weit von Paris und von seiner
Nichte hinweg zu bringen. Der junge Protégé, Di-
lettant in Versen, Meister in einer »Éloge historique
de la Margrave de Baireuth« scheint nach dem Wenigen, was wir von ihm wissen, und was uns nur durch
die Beziehungen zu Voltaire und der Markgräfin inter-
essirt, eine jener geistig empfänglichen und leicht sich
anschmiegenden Naturen gewesen zu sein, die mit ihrer
Liebenswürdigkeit zu sehr in der Gesellschaft aufgehen,
um auf dem Kampfplatze öffentlicher Interessen durch
Thaten zu glänzen.

Am Ende des nächsten ersten Briefes, der aus dem
»Kloster von Sanssouci« nach Baireuth abging, verkün-
det sich in drei Zeilen, b'Arnaud betreffend, der Anfang
jener Mißhelligkeiten, welche nach drei Jahren den vollständigen Bruch zwischen Voltaire und dem Könige herbei-
führen sollten. »Man versetze an das Ende der Welt zwei
Schriftsteller, zwei Frauen, oder zwei Frömmlinge; Einer
davon wird dem Anderen immer einen Streich spielen,«
sagt Voltaire in einem seiner Briefe, und wir wenden diese
Stelle auf ihn selbst an. Arnaud, Verfasser der Comödie

»Le mauvais Riche«, kam auf die Empfehlung des
Marquis d'Argens nach Berlin, »in der Landkutsche,«
wie Voltaire schreibt. »Er gab sich für einen großen
Herrn aus, der unterwegs seine Titel, seine poetischen
Werke und die Bildnisse seiner Geliebten verloren hatte,
und alle seine Habe in der Nachtmütze trug.« Als
Voltaire erschien, war er seit acht Monaten literarischer
Korrespondent, oder wie Voltaire sich ausdrückt,
»Poetenjunge des Königs«. Der König hatte schon
früher, um Voltaire den Aufenthalt in Frankreich zu
verleiden und ihn zur Uebersiedelung nach Preußen förm-
lich zu zwingen, durch den Grafen Rothenburg Spott-
verse des Dichters auf dessen alten Feind l'ane. évêque
de Mirepoix oder l'ane de Mirepoix, wie Voltaire mit
wohlfeilem Witze die Formel deutete, dem Bischofe durch
dritte Hand zukommen lassen. Voltaire kam jedoch nicht.
Nun gerieth der König auf den Gedanken, einen anderen
Dichter, als ihn, zu loben, und siehe da — Voltaire kam.
In den artigen Versen, welche Friedrich an d'Arnaud
gerichtet, hatte er dessen Talent mit der aufgehenden
Sonne und Voltaire's mit der untergehenden verglichen.
Voltaire war gegen Arnaud piquirt wegen dieser
Schmeicheleien, Arnaud war es gegen Voltaire, wegen
der Auszeichnungen des Königs. d'Arnaud war ein
eitler Geselle und sein Talent zu klein, als daß es die
Anerkennung eines großen hätte ertragen können, um
so weniger, je größeren Dank es diesem schuldig war.
Voltaire behauptete, er habe sich mit seinen Tod-

feinden in Paris verbunden und stellte zuletzt dem
Könige die Alternative: Majestät, er oder ich. Friedrich
wägte ab, er hatte sich über Arnaub zwar nicht zu
beklagen, aber Voltaire war ihm von größerer auch
praktischer Bedeutung als b'Arnaub; also mußte dieser
das Opfer sein. Arnaub war der Anfang vom Ende.
Voltaire schien selbst so etwas gefühlt zu haben, wenn
er an seine Nichte schreibt: »Mein Triumph betrübt
mich.« Aber. seine kalte Leidenschaftlichkeit gestattete
ihm nicht, stehen zu bleiben und an seine Stirne zu fassen.
Er fühlte sich so sicher in der Gunst des Königs.

Von Voltaire.

Potsdam, den 9. December (1750).

Madame!

Große Leidenschaften gehen sehr weit, und so würde
ich die Ehre gehabt haben, der würdigen Schwester
eines Helden nach Baireuth zu folgen, wenn nicht die
Annehmlichkeit, in der Nähe dieses Helden zu leben,
mich noch zu seinen Füßen zurückgehalten hätte. Ew.
Königliche Hoheit wissen, daß ich am 15. December
nach Frankreich abreisen sollte. Kann man aber ein anderes Vaterland, als das Friedrich's des Großen haben?
Es bleibt nur allein der Kummer, daß Ew. Königliche
Hoheit dasselbe verlassen haben; doch vermögen die
Nachrichten über Ihr Wohlsein einigen Trost zu ge-
währen. Ihr Gesundheitszustand soll sich gebessert, und
Sie die Mühen der Reise glücklich überstanden haben

Gelangen Ew. Königliche Hoheit dahin, einen Körper
würdig Ihrer Seele zu haben und eine Gesundheit, die
Ihrer Schönheit gleicht, was hätten Sie in dieser Welt
dann noch zu wünschen!

Vielleicht fühlen Sie das Bedürfniß, neue Menschen
zu beglücken, indem Sie in Ihre Nähe einige Leute mit
geselligen Talenten ziehen, die würdig sind, den Anblick
Ihrer Person zu haben und den Ton Ihrer Stimme zu
vernehmen. Da ich nicht so bald nach Paris gehen
kann, so habe ich meine Nichte beauftragt, eine Dame
von gesellschaftlicher Stellung zu suchen, die Wittwe ist,
Geist, Kenntnisse und die Gabe der Conversation besitzt.
Vielleicht wird die Freude, Ihre Befehle zu erfüllen, sie
dasjenige, was Ew. Königliche Hoheit bedürfen, finden
lassen. Ich wenigstens verbürge mich Ihnen dafür,
Madame, daß meine Nichte zu diesem Zwecke Alles auf-
bieten wird, damit Ew. Königliche Hoheit aus ihrer
Hand die Persönlichkeit, welche sie in Vorschlag bringt,
annehmen können. Ich bin fest überzeugt, daß der
Marquis von Abhemar, der an Ihrem Hofe bereits bekannt ist, eine den Verhältnissen sehr angemessene Persönlichkeit sein wird.

Mit Kühnheit glaube ich für seine Klugheit, für
seinen Geist und seinen Werth einstehen zu können.
Seine Durchlaucht der Markgraf wird nach meiner
Meinung nie eine bessere Wahl treffen können. Ich sehe
Ihren Weisungen entgegen. Jedenfalls bin ich weit
sicherer über die gute Acquisition, welche Ihr Hof

machen würde, als ich es über die augeublicklichen
Pläne des Marquis von Abhemar bin. Kann man aber
Angesichts des Glückes, in die Nähe Ero. Königlichen
Hoheit zu kommen, noch einen Zweifel hegen, daß er
sich an Ihren Dienst fesseln wollte?

Da ich des Glückes beraubt bin, mein Leben in
Ihrer und Ihres Durchlauchtigsten Gemahles Umgebung zuzubringen, so würde ich mich schon in dem
bloßen Gefühle, meinen Freund dort zu wissen, glücklich
schätzen.

Ohne Zweifel, Madame, haben Sie erfahren, daß
b'Arnaud vom Könige der Befehl zugegangen ist, binnen
24 Stunden abzureisen. Er ist jetzt in Dresden, wo er
sich der Siege über die Schönheiten des Berliner Hofes
rühmt.

Mit der Versicherung tiefsten Respektes bin ich Ero.
Königlichen Hoheit
untertthänigster und gehorsamster Diener
Voltaire.

Des folgenden Tages, am 10. Dezember, erfüllt
die Markgräfin ihr gegebenes Versprechen in einem
Briefe, der sich mit dem aus Potsdam kreuzt. Körperlich weilt sie in dem Schlosse von Baireuth, geistig jedoch in der Abtei oder in dem Kloster. So wird nämlich abwechselnd in der Confidenzsprache des Friedrichs-
kreises jener auf den Terrassen des Weinberges vor
Potsdam sich erhebende, von Atlanten gestützte Pavillon

genannt, über deſſen Mittelthüre in metallener Schrift zwei Worte ſo weit hinaus in die Welt und in die Geſchichte glänzen — Sans, Souci! Hier am Ende des linken Flügels — von der berühmten Terraſſe aus — war dem Günſtling ein Appartement eingerichtet mit reicher Möbelgarnitur, koſtbarem Porzellan, einem Toilettentiſch, wie ihn die Pompadour nicht ſchöner und koketter haben konnte; in dieſem Zimmer an einem vergoldeten Schreibtiſche mit blauſammetnem Ueberzuge arbeitete Voltaire, wenn der König ihn auf Sansſouci haben wollte; nach Sansſouci, welches eine Viertelſtunde Wegs von Potsdam entfernt iſt, kam er nur zeitweiſe; ſeine gewöhnliche Wohnung war im Stadtſchloſſe zu Potsdam unter den Zimmern des Königs mit der Ausſicht nach dem Luſtgarten, dem berühmten Drillplatze der preußiſchen Armee.

Sansſouci wurde, wie bemerkt, das Kloſter oder die Abtei genannt. Der König hieß der Abt oder Prior dieſes »halb militäriſchen, halb literariſchen Kloſters«, ſeine Umgebung nannten ſich die Mönchbrüder, daher ſich auch Voltaire in ſpäteren Briefen Frère Voltaire unterzeichnete; die auswärtigen Gleichgeſinnten dagegen Diakone; ihre geiſtige Gemeinſchaft hieß die Kirche, und heilig wurde Alles genannt, was in Rom als gottlos verdammt wurde. Dieſe Profanirung kirchlicher Einrichtungen, der wir in den folgenden Briefen öfter begegnen werden, lag in der Richtung und in dem Tone der Zeit; ſie war die ſehr natürliche Reaction gegen die ausschließliche Herrschaft und den lähmenden Druck, den die kirchliche Autorität bisher auf die Geister ausgeübt hatte. An keinem anderen Orte in der Welt zeigte sich der Zersetzungsprozeß des Alten, das Werde eines Neuen so deutlich und eigenthümlich, als um diese Zeit vor dem siebenjährigen Kriege auf dem Weinberge vor Potsdam.

Von der Markgräfin.

Den 10. December (1750).

Ich habe Ihnen, mein Herr, zu schreiben versprochen, und ich halte Ihnen mein Wort. Unser Briefwechsel wird hoffentlich nicht so mager werden, als unsere Persönlichkeiten sind, voraussichtlich werden Sie mir oft Anlaß geben, Ihnen zu antworten. Ich will jetzt nicht von meinem Schmerze sprechen, das hieße ihn ja erneuern. Geistig versetze ich mich stets in Ihre Abtei, und Sie können wohl denken, daß der Abt derselben mich unaufhörlich beschäftigt. Ihrer Befehle habe ich mich beim Markgrafen erledigt. Er beauftragt mich, Sie Seiner Freundschaft zu versichern, und bittet Sie, die Angelegenheit mit dem Marquis von Abhemar zu Ende zu bringen. Er wird ihn sehr gern als Kammerherrn in seine Dienste nehmen unter Bedingungen, mit denen der Marquis wohl zufrieden sein kann. Obwohl Ihre Empfehlung bei dem Markgrafen hinreicht, so wäre es doch zur eigenen Annehmlichkeit nothwendig, daß er sich

G. Gere, Voltaire ꝛc.   4 eine solche von Herrn von Puiffieug oder von Herrn b'Argenfou zum Vorzeigen am Hofe verschaffen könnte. Außerordentlich würde ich!Ihnen verpflichtet sein, wenn Sie ihn bestimmen könnten, recht bald hierher zu kommen; denn wir haben 'elue Hilfe zur Ausfüllung der Lücken unserer Conversation sehr nöthig. Unsere Unterhaltung hat viel Aehnlichkeit mit der chinesischen Musik, die auch lange Pausen hat, Pausen, die mit Verstimmungen enben. Ich fürchte, daß solche in meinem Briefe bemerkbar werden; besto besser für Sie, mein Herr, es muß im Leben Augenblicke der Langweile geben, damit man diejenigen des Vergnügens um so höher schätzen lernt.

So werden, wenn Sie diesen Brief gelesen, Ihnen die Soupers viel angenehmer erscheinen. Denken Sie bei benselben bisweilen an mich, ich bitte Sie darum, und seien Sie von meiner vollkommenen Hochachtung überzeugt.

Wilhelmine.

Dem nächsten Briefe der Markgräfin, dem dritten der hier folgenden, findet sich bei der Stelle: »Ich habe Ihre trostreiche Epistel erhalten« von dem Herausgeber der gedruckten Correspondenz Voltaires die Bemerkung beigefügt: »Dieser Brief ist uns unbekannt.« Hier folgt derselbe, einer der graziösesten von allen.

Von Voltaire.

(December 1750.)

Madame!

Ew. Königliche Hoheit haben sehr Recht, man muß sich die Zeit angenehm vertreiben; die Fürsten, wie die Mönche, haben in dieser Welt ja nur ihr Leben. Nicht Regimenter machen glücklich, sondern die Annehmlich- keit, mit der man die vierundzwanzig Stunden des Tages hinbringt, und das ist viel schwerer, als man glaubt. Der Großtürke langweilt sich in Konstantinopel, und dieses ist doch eine schöne Stadt; die Lage von Baireuth ist zwar nicht so lachend, aber Geist und Grazie verklären Alles. Was würden Sie, Madame, um ein mal recht derb zu reden, mit Ihrem Geiste, mit Ihrer Liebenswürdigkeit und Anmuth thun, wenn Sie nicht ein Halbdutzend verdienstvoller Leute hätten, die Ihre Bedeutung fühlen und erkennen? Es wäre ein sehr vernünftiger Gedanke, in Ihrem Concert einige Stimmen mehr anzubringen. Ich habe noch zweimal an den Marquis von Abhemar geschrieben, aber noch keine Antwort erhalten; er muß von irgend einer Armida be- zaubert sein. Ich habe an meine Nichte einen fulmi- nanten Brief geschrieben, sie soll von ihrer Autorität Gebrauch machen und Abhemar wieder entzaubern, um ihn bezauberter als je Ihnen zuzuschicken. Sie müßten jedoch, Madame, zwei Abhemars, zwei Grassignys, überhaupt Hilfstruppen für Ihre gute Unterhaltung haben. Hätte ich selbst nach Paris gehen können, so

4*

schwöre ich bei meiner aufrichtigen Anhänglichkeit an
Eure Königliche Hoheit, daß ich geistige Rekruten
mitgebracht hätte, nicht etwa Gelbschnäbel, auch nicht
flache Versefchmiede, sondern gute Gesellschaft und Leute,
die würdig wären, ihre Huldigungen Eurer Königlichen
Hoheit darzubringen. Ach, Madame, es gehen mir
manchmal Romane durch den Kopf. Ich sage mir,
warum konnte ich nicht während der Monate Rovember,
December und Januar, wo der König genug Leute um
sich hat, mich auf den Weg machen und der erhabenen
Schwester meine Ehrfurcht bezeugen? Ich käme von Oft
nach Baireuth, meine Nichte käme von West und dann
Opern, neue Tragödien — verlohnte sich das nicht viel
mehr der Mühe, als nach Italien zu gehen? Ihnen,
Madame, würde ich den Vorzug geben vor St. Peter
in Rom, den Katakomben und dem Papste. Wäre
das so unmöglich auszuführen?

Ich bringe mein Leben kümmerlich dahin. Tag und
Nacht arbeite ich an Siècle de Louis XIV. Ich ent-
werfe ein großes Gemälde der Umwälzung des menfch-
lichen Geistes in diesem Jahrhunderte, wo man zu benken
angefangen hat von den Alpen bis zu den Karpaten.
Vielleicht möchte es Eure Königliche Hoheit in Ihren
Mußestunden angenehm unterhalten; aber ich will meinen Baireuther Roman aus meinem Kopfe vertreiben.
Es ist zu traurig, von einem Schatze zu träumen und
mit leeren Händen zu erwachen. Alles dies schreibe ich
unter den Wirbeln der Tambours, dem Schmettern von

Trompeten und unter dem Lärme von tausend Kolben-
schlägen, welche meine friedliebenden Ohren fast taub
machen. Das ist recht groß für Friedrich den Großen,
er braucht Vormittags Armeen und Nachmittags Apollo.
Er hat Alles; er sonnirt Carrés von Bataillonen
und von Perioden. Im Uebrigen lebt jeder Mönch
friedlich in seiner Zelle. Graf Rothenburg ist immer
krank, Maupertuis auch, Frère Pöllnitz ein wenig
traurig, ich bin immer kränklich, immer thätig, und
spüre immer in mir die Lust, Eurer Königlichen Hoheit
meine Huldigungen darbringen zu können.

Wird es wohl mit allem schuldigen Respekt erlaubt
sein, Herrn von Montpernh nicht zu vergessen? Das
Papier ist zu Ende, kein Plätzchen mehr zum Ausbruck
meiner tiefsten Ehrfurcht. Was thuts!

Voltaire.

Wir werden dem Namen des Marquis von Montpernh in der Fortsetzung dieser Briefe noch öfter begegnen. Der Marquis war Franzose von Geburt,
Oberhofmeister der Markgräfin, Intendant der Schauspiele
und der Bauten in Baireuth, und von dem markgräflichen Ehepaare, auch von Friedrich dem Großen, wegen
seiner vortrefflichen Charaktereigenschaften, sehr hoch ge-
schätzt. In seinem Hause fand auch die Markgräfin
eine Zuflucht, als die Flammen, am 26. Januar 1753
Abends, fast den größten Theil des Baireuther Schlosses
in Asche gelegt, und man die kranke, im Bette liegende

Frau, über die brennenden Trümmer hinwegtragen mußte. Montperny war bei der letzten Anwesenheit seiner Gebieterin in Berlin in deren Gefolge. Hier scheint auch Voltaire seine Bekanntschaft gemacht zu haben. Längst jedoch wäre der Name des Marquis, der ja nur ein biederer, treuer Mensch und kein Genie oder sonst so etwas war, vergessen, wenn er nicht durch einen allerdings sehr komischen Vorfall, den wir hier wohl nicht gut mittheilen können, über den aber Verse, angeblich von Voltaire, an den europäischen Höfen coursirten, der Nachwelt aufbehalten worden wäre.

Eine Koketterie des Dichters war es, über seine eigene Häßlichkeit zu spotten. In dieser Beziehung pflegte er sich mit dem Inspektor des Oekonomiewesens der Oper in Berlin, mit Angelo Cori, zu vergleichen. Dieser Italiener war der häßlichste Mensch in Berlin und darum spottweise Engel Cori genannt. Hofrath L. Schneider giebt in seiner vortrefflichen Geschichte der Berliner Oper ein Bild des Genannten; nach demselben blieb Voltaire allerdings noch eine Genugthuung, es gab wenigstens noch e i n e n Menschen, der häßlicher war als er. Auch in dem nächsten Briefe deutet er diese Brüderschaft der Häßlichkeit an. Die Markgräfin ist daran, Voltaires Semiramis in eine Oper umzuwandeln; sie macht die Musik und Cori den italienischen Text. Derselbe lag Voltaire zur Durchsicht vor, obwohl demselben das ganze Unternehmen sehr ungelegen kam. Die Oper mußte, wenn seiner Tragödie auch nicht Ab-

bruch thun, doch das Interesse an derselben spalten,
obgleich dieselbe dem Berliner Publikum wenig behagt
zu haben scheint. Geist wohl, aber Geister wurden auf
der Bühne von demselben nie besonders goutirt; die
Sandflächen der Mark sind kein günstiger Boden für die
Befruchtung der Volksphantasie. Saïre, welche der
Dichter unbegreiflicherweise für eine einzige Scene aus
»Rome sauvée« hingeben wollte, hatte sich dagegen eines
größeren Erfolges zu erfreuen. Das Stück wurde von
der kleinen Truppe des Prinzen Heinrich gespielt, nämlich
von den Prinzen August Wilhelm und Heinrich, von der
Prinzessin Amalie, welche die Titelrolle, und Voltaire,
welcher »den guten Lusignan« spielte, wahrscheinlich in
den Diamanten, um welche er mit dem Israeliten Hirsch
in Prozeß kam. Auch Mylady Tyrconnel, die Gemahlin des französischen Gesandten in Berlin, hatte sich
mit der Rolle der Anbromache anständig abgefunden, am
Meisten jedoch war Mylord Tyrconnel, der große, dicke,
feiste Irländer, in seinem Elemente; seine Rolle war
bei Tafel zu sein. Das künstlerische Ereigniß des Carnevals war die Oper Phaëthon. Graun hatte sie com-
ponirt und dirigirte sie im rothen Mantel und weißer
Perrücke am Clavier sitzend; sie versetzte um diese Zeit
Hof und Stadt in Entzücken, nicht so durch die Musik
und durch die Leistungen der ausführenden Künstler, als
durch die Ausstattung, die Alles übertraf, was man
bisher in Berlin gesehen hatte. Da war namentlich der
Tempel des Sonnengottes, dessen Säulen, aus Glas

gegoffen, mit Taufenden von Lampen erhellt, den großartigſten Effekt machten.

Von Voltaire.

Madame!

Die Befehle Eurer Königlichen Hoheit haben ſich mit meinen Huldigungen gekreuzt, und in demſelben Augenblicke, in welchem Sie die Gnade hatten, mir zu ſchreiben, hatte auch ich die Ehre, Sie meiner Ehrfurcht zu verſichern. Ich hatte für den Marquis von Abhemar und Spada, viel mehr für Ew. Königliche Hoheit gewünſcht, daß er an Ihrem Hofe wäre. Geſtatten Sie mir, Madame, die Ehre, Ihnen ſagen zu dürfen, daß es ſehr ſchwer iſt, ihm den Vorſchlag wegen der Empfehlungsbriefe zu machen; das hieße ihn in eine Reihe mit Leuten ſtellen, die von unbekannter Herkunft ſolcher zu ihrer Präſentation bedürfen. Er iſt der Sohn des Oberhofmarſchalls des Königs Stanislaus, und es hat nur von ihm abgehangen, an dem Hofe zu Luneville die Stelle eines Kammerherrn einzunehmen, mit allen den Annehmlichkeiten, welche ſeine Geburt und ſein perſönlicher Werth verſchaffen können. Nur die Kriegsluſt hat ihn davon abgebracht; er iſt einer der beſten Officiere, welche der König von Frankreich hat, er war Cavallerie-Capitain. Man hat ihm ein Regiment verſprochen, aber nicht Wort gehalten. Darauf ſollte er als Geſandter

des Königs nach Brüssel gehen, aber auch diese Zusage
hat man vergessen. So stehen nun die Sachen. Ich
habe nun geglaubt, daß der Kummer, unthätig zu sein,
und Alles das, was er von Ew. Königlichen Hoheit
hat rühmen hören, ihn bestimmen könnte, an Ihrem
Hofe eine Stelle einzunehmen. Meine nächste Bitte
an Ew. Königliche Hoheit geht dahin, mir gnädigst
zu gestatten, daß ich mit dem Marquis von Abhemar darüber nur dann spreche, wenn Sie über
ihn nähere Nachrichten erhalten haben werden. Sehr
leicht wäre es, den Gesandten des Königs in Paris
mit Einziehung derselben zu beauftragen. Außerdem
könnten Sie, Madame, dem Königlichen Kammerherrn
Herrn von Hamon, welcher wegen eines Handelsver-
trages nach Frankreich geht, die Weisung zugehen lassen,
Ihnen über den Marquis von Abhemar Bericht zu er-
statten, nöthigenfalls auch über ihn mit den von Ihnen
vorgeschlagenen Ministern zu sprechen, wobei man jedoch
nicht merken lassen dürfte, daß der Marquis Frankreich
verlassen will; man würde gleich vermuthen, daß ich bei
dieser Entführung die Hand im Spiele habe. Es werden
mir ohnehin Vorwürfe gemacht, daß ich mein Vaterland
verlassen habe; man würde mir noch mehr machen, darüber, daß ich auch Andere zur Desertion veranlasse.

Ueberhaupt möchte ich Ew. Königliche Hoheit unterthänigst bitten, den Marquis von Abhemar noch nicht
wie eine feste Zusage zu betrachten, ich habe ihn Ew. Königlichen Hoheit nur in Aussicht gestellt und werde dafür

das Unmögliche thun. Hier ist eine Gelegenheit, wo ich Ew. Königlichen Hoheit einen thatsächlichen Beweis meines Eifers geben kann; denn ich bin überzeugt, daß Herr von Abhemar ein Mensch voll wahrer Anhäng- lichkeit ist und nicht fähig wäre, einen liebenswürdi- gen Hof anderer leibiger Vortheile wegen zu verlassen. Ich erwarte darüber die Befehle Ew. Königlichen Ho- heiten. Bis zum Frühjahre werde ich noch hier in der Abtei, wohin man Sie alle Tage zurückwünscht, ver- bleiben. Ich bin immer Mönch, in Berlin wie in Potsbam, ich kenne nur meine Zelle und den ehrwür- bigen Vater Abt, bei dem ich leben und sterben will, und der mein alleiniger Tröster ist dafür, daß ich nicht in der Nähe Ew. Königlichen Hoheit leben kann. Ihre und seine Abtei sind die einzigen, wo eine Seele, wie die meinige, ihr Heil finden kann. Ich habe die Messe der heiligen Semiramis, von Bruber Cori, Kapellan der Oper, in Verse oder etwas dergleichen gebracht, durchgese- hen. Man findet in Bruber Cori's Poesie doch Funken des göttlichen Feuers, welches die erhabene Wilhelmine beseelt. Gestern gab man hier Phaëthon, und um die Feuersbrunst, welche dieser Tollkühne angefacht hatte, drastischer zu vergegenwärtigen, mußten Decorationen Feuer fangen. Der König war ein wenig unpäßlich und sah die Oper nicht. Die kleine Truppe Seiner Königlichen Hoheit des Prinzen Heinrich wird nächstens Zaïre aufführen. Ach, während man sich hier vergnügt, rafft die Seuche Rinder und Schafe hinweg, in England

graſſirt die Peſt unter den Pferden und in Polen an
den Grenzen der Wallachei unter den Menſchen. Leben
Sie froh und heiter, Madame, haben Sie Acht auf
Ihre ſo koſtbare Geſundheit und bewahren Sie mir
gnädigſt mit Ihrer Huld auch die Seiner Durchlaucht
des Markgrafen. Ihre Befehle habe ich erfüllt und
wiederhole nur noch Euren Königlichen Hoheiten die
Verſicherung meines tiefſten Reſpectes.

Bruder

Voltaire.

Wilhelmine iſt in dieſen Tagen in wahrhaftiger
Weihnachtsſtimmung. Am 31. December 1750 ſchreibt
der König an ſeine Schweſter: »Dich ſo außerordentlich
wohl und in ſo guter Laune zu wiſſen, wenigſtens
ſcheint es mir nach Deinem Briefe ſo, das allein kann
mich für Deine Abweſenheit tröſten.« So heiter, launig,
lebensluſtig, übermüthig und nebenbei auch ein klein
wenig boshaft, wie es Menſchen an ihren guten Tagen
zu ſein pflegen, haben wir ſie noch nicht geſehen.

Wir hören aus den folgenden Zeilen ihre Neckereien,
ihr Lachen, wir ſehen um den kleinen Mund die kleinen
Kobolde des Scherzes ſpielen. Ach, wenn der Königliche
Hofprediger und Kirchenrath, Johann Arnold Roltenius,
vor dem einſt die Prinzeſſin Wilhelmine ihr Glaubensbekenntniß abgelegt hatte, wenn der eifrige Zionswächter
hörte, wie ſein Beichtkind anſtatt des heiligen Johannes,
der ſeine zweite Epiſtel an die auserwählte Frau ge-

richtet hat, ben heiligen Paulus citirt! Ein berartiger
Bibelschnitzer wäre am Enbe sehr verzeihlich; aber bie
Epistel eines heiligen Apostels mit ber eines französischen
Comöbienschreibers auf eine Stufe zu stellen unb bie
Wunber bes heiligen Geistes auf bie Kurprinzessin von
Sachsen anzuwenben, bie enblich zu aller Welt Staunen,
— ein Grunb muß wohl bazu bagewesen sein —, eines
Thronerben, bes späteren Friedrich Augusts III., genas
— guter August Hermann Franke, wo sinb bie Früchte
beiner Betstunben!

Wie aber stehts mit ihrem Christenthume? höre
ich unsere Leser ernstlich fragen, unb eine solche Frage
ist an bieser Stelle auch sehr natürlich.

Das Königliche Haus ber Hohenzollern gehörte
bamals jener Abzweigung bes Protestantismus an,
welcher ein kalter Fanatiker, Calvin, seinen Namen gegeben hatte, unb bessen Dogma nicht weniger starr, als
bas katholische, auch noch ber anziehenben Form bes
letztern entbehrte. Der Teufel war in bem bamaligen
Kirchenglauben noch sehr im Gange. »Kein Teufel —
kein Gott« war bie Glaubensfolgerung; jeber ber nicht an
ben ersteren glaubte, wurbe als abtrünnig auch von
bem letzteren betrachtet. Darnach war bie Markgräfin
allerbings eine Atheistin in bes Wortes vollster Be-
beutung, b. h. abgesagt allem äußeren Zwange unb Ge-
bote im Bereiche bes Glaubens, zugewanbt ber Quelle
bes Lichts unb ber Fülle ber Liebe, bie aus ber Lehre
Christi entströmen. Auch bie Philosophie ihres Meisters

Descartes ging von Gott aus und führte zu Gott
zurück. »Ich beklage ihre Verblendung,« schreibt
sie später an Voltaire, »daß Sie nur an Gott
glauben und Christus läugnen.« Kann eine wahre
Christin eine vollgiltigeres Glaubensbekenntniß ablegen?
Wie aber mit Voltaire? Wir können wohl begreifen,
wie die aller Vernunft und Liebe Hohn sprechenden
Ausschreitungen, zu denen die Lehre des Erlösers seit
Jahrhunderten Anlaß gegeben, in ihm die Zweifel an
dieser selbst erwecken und nähren konnten, daß er zuletzt
dahin gelangte, einen Heiland zu läugnen vielleicht aus
lauter Sehnsucht, einen zu finden. Hier vor dem Kreuze
schieden sich die Wege Beider. Bei der Markgräfin und
ihrem Bruder lag der christliche Fond im Blute, in der
Familie; ihre selbstständigen freiheitsdurstigen Geister
jedoch sträubten sich von Jugend auf gegen jedes äußere
Commando über ihr religiöses Denken und Fühlen.
Dieses verlangte vom Christenthum eine lebendige Kraft
des Geistes und Gemüthes und fand leider nur eine
fertige Formel und ein starres Bekenntniß vor. Kann
es daher Wunder nehmen, wenn die jugendlichen Ge-
müther mit dem rauhen Gefäße auch den köstlichen
Inhalt von sich wiesen, wenn sie gleichgiltig wurden
oder gar zu zweifeln oder zu negiren anfingen? Bei
Friedrich blieb dieser Fond für immer verschüttet; der
Mann suchte sich einen Ersatz in der That; bei ihr, dem
Weibe jedoch, wandelte sich das trockne Dogma aus der
Noth und dem Leib, den Erfahrungen des Lebens heraus

zur lebendigen Ueberzeugung, zu einem Bedürfniß des Gemüths, zu einer Frucht des Lebens. Der Glaube an Christus war ihr Licht — Liebe — Friede. Daher ihr tiefgewurzelter Haß gegen alles unchristliche Gebaren, den hochmüthigen Zelotismus, die fanatische Verfolgungsfucht, den krassen Aberglauben, im Ganzen gegen den finstern Geistesbann, der auf der feufzenden Menschheit lastete.

Lassen wir uns durch ein hie und da auftauchendes spöttisches Wort nicht irre leiten; das war eine ihr eigenthümliche Ausdrucksform, Gesellschaftston, etwas Aeußerliches, welches nicht den Inhalt der heiligen Wahrheiten in ihr berührte, halten wir uns einzig an ihr Wort: »Ich beklage ihre Verblendung, daß Sie nur an Gott glauben und Christus läugnen.«

Von der Markgräfin.

Den 25. December (1750).

Schwester Wilhelmine bietet Bruder Voltaire ihren Gruß. Dieser Anfang mag Ihnen beweisen, daß ich mich immer noch unter die glücklichen Bewohner Ihrer Abtei rechne, obwohl ich nicht mehr dort bin; ich hoffe jedoch sehr stark, daß, wenn mir Gott ein frohes und langes Leben giebt, ich eines Tages dahin zurückkehren und dort meinen Platz wieder einnehmen werde. Ihre tröstliche Epistel habe ich erhalten; ich schwöre Ihnen den großen Schwur, daß sie mich bei weitem mehr erbaut

hat, als die des Apostels Paulus an die »auserwählte
Frau.« Diese verursachte mir immer ein einschläfern-
des Gefühl, wie es das Opium erzeugt, und brachte
mich so um den Genuß ihrer Schönheiten; die Ihrige
dagegen hatte gerade die entgegengesetzte Wirkung, sie
hat mich aus meiner Abspannung gerissen und meine
Lebensgeister wieder in Bewegung gebracht.

Wenn Sie schon Ihre Pariser Reise aufgegeben
haben, so hoffe ich doch, daß Sie Wort halten und
mich hier besuchen werden. Apollo pflog einst ja auch
Umgang mit den Sterblichen und hielt es, um sie zu
belehren, nicht unter seiner Würde, ein Hirt zu werden.
Machen Sie es ebenso, mein Herr, Sie können keinem
besseren Vorbilde folgen.

Was sagen Sie von der Ankunft des Messias in
Dresden? Werden Sie demnach die Wunder auch künftig
in Zweifel ziehen können? Wenn ich Kurprinz von
Sachsen gewesen wäre, so hätte ich alle Ehre dem
heiligen Geiste überlassen; aber er denkt wie Kaiser
Karl VI.

Als nämlich die Kaiserin des Erzherzoges genas,
rief man aus, daß man dies dem heiligen Nepomuck zu
verdanken habe. »Gott behüte mich davor«, sagte der
Kaiser, »ich würde dann ja zum Hahnrei werden«.
Aber lassen wir den heiligen Geist und den Messias.
Obwohl er jetzt geboren ist, so würde ich doch nicht an
ihn gedacht haben ohne die wunderbare Begebenheit,
die sich in Sachsen mit ihm zugetragen hat. Ich denke

lieber an die schönen Geister von Potsbam, seinen
Abbé und an seine Mönche, gedenken auch Sie manchmal dafür der Abwesenden und rechnen Sie stets auf
mich, wie auf eine wahrhafte Freundin.

Wilhelmine.

Die Markgräfin hat mit diesen Zeilen nur den vor-
letzten Brief des Dichters (December 1750) beantwortet;
denjenigen vom 19. December scheint sie am 25 sten
noch nicht in Händen gehabt zu haben. Auf diesen antwortete sie flüchtig, wie folgt:

Don der Markgräfin.

Den 3. Januar 1751.

Ich habe nur einen Augenblick Zeit, und diesen be-
nutze ich, um Ihnen mitzutheilen, mein Herr, daß der
Herzog von Württemberg die Absicht hat, den Marquis
von Abhemar in seine Dienste zu nehmen; er hat seine
Bekanntschaft in Paris gemacht, und durch einen Herrn
vom Gefolge des Herzogs habe ich erfahren, daß der
Marquis von Abhemar entschlossen war, hieher zu uns
zu kommen. Ich bitte Sie, daß Sie ihm Nachricht
geben und ihn bestimmen möchten, sich recht bald an
unsern Hof zu begeben. Ich wünsche Ihnen für das
kommende Jahr vollkommene Gesundheit. Das ist das
Einzige, um uns glücklich zu machen. Wir spielen hier
Komödie, wie Sie es in Berlin thun. Adieu, ich muß
Sie verlassen, um nochmals meine Rolle durchzugehen.

Seien Sie von meiner vollkommenen Hochachtung
überzeugt.

Wilhelmine.

Von Voltaire.

Berlin, den 6. Januar 1751.

Madame!

Bruder Voltaire hat nur seine Zelle verändert. Wie
in Potsdam, so ist er auch in Berlin sehr zurückgezogen
und denkt nur an Ew. Königliche Hoheit. Jedoch ver-
spricht er Ihnen, Madame, so weit man einem Mönche
überhaupt glauben darf, daß er kommen und Sie in
Ihrer wunderschönen Abtei um Ihren Segen bitten
wird, aber erst bei seiner Rückkehr aus der großen
Stadt Paris; denn endlich muß er dennoch dorthin
gehen, wäre es auch nur, um in seine materiellen An-
gelegenheiten, welche er zu lange zu Gunsten der geistigen
des verehrungswürdigen Vater Abts vernachlässigt hatte,
Ordnung zu bringen. Sehr erstaunt bin ich, daß Ew.
Hochehrwürden anstatt eines Briefes von mir Unwür-
digem nicht zwei erhalten haben. Ich versichere Sie,
daß ich Ihnen aus der Priorei von Potsdam zweimal
zu schreiben die Ehre hatte. Der Segen des Himmels
scheint den Verkehr von so entarteten Mönchen, wie
wir es sind, nicht eben begünstigen zu wollen. Ew.
Hochehrwürden machen über das letzte Wunder sehr
salbungsvolle Betrachtungen. Sie wissen, wie noth-

wendig manchmal die Wunder sind. Einstmals brauchten
wir in Frankreich eine Jungfrau, sonst haben wir oft
grade das Gegentheil bedurft. O signore, signore,
figliuoli in ogni modo. Die Liebe war der
heilige Geist des Alterthums, und dieser heilige Geist
durchdrang alle Verhältnisse. Heutzutage sind es
Mönche und Heilige. Unsere Mythologie ist zum Erbarmen, es giebt nichts so Plattes, als was man den
Katholicismus nennt.

Kommen wir jedoch zu den Befehlen, welche Ew. Königliche Hoheit mir für den Marquis von Abhemar
gegeben haben. Ich habe ihm geschrieben und werde die
Ehre haben, Sie von seiner Antwort in Kenntniß zu
setzen. Ich bin überzeugt, daß er das Glück, in Ihren
Hof einzutreten, wohl zu schätzen wissen wird. Sein
Wesen ist dem Ihrigen verwandt, und ich wage zu behaupten, daß er für Seine Durchlaucht den Markgrafen
und für Sie, Madame, wie gemacht ist. Herr von
Montpernh wird an ihm eine sehr angenehme Gesellschaft finden, außerdem hat er viel Geschmack und
macht artige Verse. Dabei ist er der ehrenhafteste
Mensch von der Welt. Traurig ist die Verpflichtung,
mit einem Menschen solchen Charakters von Plunder,
wie Besoldung und Geld, reden zu müssen. Man be-
schmutzt nur das Papier, will man Ew. Königliche
Hoheit mit diesen Erbärmlichkeiten, welche Schwester
Wilhelmine so sehr verachtet, langweilen; aber leider
ist solcher Plunder in dieser Welt so unbedingt noth-

wendig, und ein König kann ohne Geld so wenig etwas
machen, wie der Kohlenbrenner. In meinem letzten
Briefe an den Marquis von Abhemar habe ich über
diese Dinge gesprochen, und vielleicht werden mich Ew.
Königliche Hoheiten mit meinen Vorschlägen nicht im
Stiche lassen. So habe ich denn geschrieben, daß nach
meiner Meinung und nach dem ersten Ueberschlage er
wohl·1600 Thaler bedürfen möchte. Wie mir scheint
beläuft sich die Besoldung des Herrn von Montperny
nicht darüber; es darf auch nicht der Eifersucht Raum
gegeben werden, selbst nicht unter Leuten, die nicht
eifersüchtig sein können. Indem ich 1500 Thaler vor·
schlug, habe ich Ihre Börse geschont und zugleich Ihrer
Großmuth Gewalt angethan. Allenfalls könnten nur
Sie, Madame, und Seine Durchlaucht der Markgraf mir
zürnen, und zwar darüber, daß ich eine so geringe Offerte
gemacht habe. Mein Freund Herr von Abhemar wird
es aber nicht thun. Mit einem Worte, er kann an
keinem anständigeren Hofe leben, und dieser Hof hin·
wiederum kann keine bessere Acquisition machen. Ich
möchte, daß er mit meiner Nichte und mit mir abreisen
könnte — aber, o anbetungswürdige Aebtissin, wären wir
drei zusammen einmal in Ihrem Kloster, so würden wir
dasselbe nimmermehr verlassen wollen. Bruder La
Mettrie wäre von der ehrenvollen und liebenswürdigen
Erwähnung, mit der Sie die Gnade hatten, Sich seiner
zu erinnern, fast verrückt geworden. Alle Uebrigen
küssen den Saum Ihres geweihten Gewandes.

Ich weiß nicht, ob Herr von Montperny Nachrichten hat von einem kleinen, närrischen Schauspieler, welchen ich ihm zur Vervollständigung Ihrer Truppe verschafft hatte. Wohl wissen möchte ich, wie man es anstellen müßte, um sich bei diesen Zeilen in das Gedächtniß des Herrn von Montperny zurückzurufen. Unmöglich kann man doch in einem Briefe an Eure Königliche Hoheit sich diese Freiheit erlauben. Ich lege mich Eurer Königlichen Hoheit und Seiner Durchlaucht zu Füßen. Gestern spielten wir Zaïre. Seine Königliche Hoheit der Prinz Heinrich übertrifft sich selbst, der Prinz von Preußen sprach sehr klar und deutlich; Prinz Ferdinand bestrebte sich, seiner Stimme einen milderen Ton zu geben; die Prinzessin Amalie war voll zärtlicher Hingebung an ihre Aufgabe, und die Königin-Mutter war entzückt. Aber Baireuth — Baireuth! Wann werde ich so glücklich sein, Ihre Feste zu sehen, überhaupt zu bewundern, meiner Verehrung Ausdruck zu geben und mit den schüchternen Empfindungen meines Herzens der erhabenen Fürstin näher zu sein, der ich meine tiefste Achtung darbringe — leider aus zu großer Ferne!

P.

Von der Markgräfin.

Den 23. Januar (1751).

Ich muß mich in meinem letzten Briefe sehr schlecht ausgedrückt haben, da Sie mich mißverstanden haben.

Vielleicht war ich in diesem Augenblicke vom heiligen Geiste inspirirt, und da Sie kein Apostel sind, so haben Sie das, was ich für sehr klar hielt, sehr dunkel gefunden. Ich will mich jetzt deutlicher ausdrücken. Der Herzog von Württemberg hat nur geäußert, daß er die Absicht habe, den Marquis von Abhemar in seinen Dienst zu nehmen. Ich fürchtete, daß er Ihnen zuvorkommen möchte, und habe Sie gebeten, die Sache so zu arrangiren, daß der Marquis die Vorschläge, welche man ihm von Seiten des Herzogs machen wird, zurückweist. Der Markgraf wird Sie in Bezug auf die 1500 Thaler Besoldung, die Sie ihm angeboten haben, nicht im Stiche lassen. Nur um Eines bitte ich Sie, die Angelegenheit zu beschleunigen und Herrn von Abhemar zu bestimmen, daß er sich bald hierher begiebt. Man giebt ihm eine Hofcharge über der des Kammerherrn, und Sie können versichert sein, daß der Markgraf für ihn alle nur erdenklichen Aufmerksamkeiten haben wird. Ich glaube, daß Ihr Aufenthalt in Deutschland in allen Herzen eine Art Wuth, Verse zu deklamiren, erzeugt. Der Württemberger Hof kommt eigens zu uns zurück, um mit uns Comödie zu spielen. Uriot, der sonst ein ganz kluger Mensch ist, hatte uns, nach meiner Meinung, das schrecklichste Stück gewählt, das je in Versen geschrieben worden ist. Wie die Gedanken der Menschen dieser Welt doch auseinandergehen! Sie schließen in den Tragödien, welche Sie in Potsdam spielen, die Frauen aus, und wir möchten, wenn wir einen Voltaire

hätten, aus denen, welche wir hier spielen, die Männer
streichen. Gäbe es denn kein Mittel, daß Sie uns eines
Ihrer Stücke anpassen und darin die zwei Hauptrollen
den Frauen zutheilen könnten? Der Herzog und meine
Tochter spielen ganz artig; aber das ist Alles. Der
arme Montperny ist zu angegriffen, um eine große
Rolle zu übernehmen, und die Uebrigen würden Ihre
Stücke nur verstümmeln. Ich habe Semiramis nicht
vorzuschlagen gewagt, da die Herzogin-Mutter dieses
Stück in Stuttgart zur Aufführung gebracht hat.

In den jüngsten Tagen habe ich eine eigenthümliche
Persönlichkeit gesehen. Es ist ein Referendair des
Papstes, Prälat, Domherr von Santa Maria, und
dessenungeachtet ein verständiger Mensch, ein erbitterter
Gegner der Mönche, entfernt von jedem Vorurtheil und
nur von Duldsamkeit sprechend.

Ihr kleiner Schauspieler ist hier angekommen. Da
ich die ganze Zeit sehr in Anspruch genommen war, so
habe ich ihn noch nicht gesehen; aber man sagt mir von
ihm viel Gutes.

Besuchen Sie uns recht bald in unserem Kloster,
das ist Alles, was wir wünschen. Der Markgraf läßt
Ihnen viel Freundliches sagen. Grüßen Sie alle
Brüder, welche sich noch meiner erinnern, und seien Sie
überzeugt, daß die Aebtissin von Baireuth Nichts so sehr
wünscht, als Bruder Voltaire von ihrer vollkommenen
Hochachtung zu überzeugen.

Wilhelmine.

Ein großes Talent bewährt sich überall; Voltaire
wäre ein eben so großer Banquier geworden, als er
ein großer Schriftsteller war. Er hätte ein glänzendes
Geschäft gemacht, wenn seine Operation mit den sächsischen Steuerscheinen geglückt wäre. Was heutzutage
als eine sehr geschickte Spekulation sich die vollste Bewunderung der Börse erworben hätte, ward ihm damals
in der Zeit finanzieller Unschuld in Deutschland als ein
Vergehen, ein Mißbrauch seiner Stellung angerechnet.
Eine der Bedingungen des Dresdener Friedens war es
nämlich, daß allen preußischen Unterthanen welche in
der sächsischen Steuerkasse Gelder hatten, nicht nur
die Zinsen richtig bezahlt, sondern auch die Kapita-
lien in vollem Betrage und innerhalb eines bestimmten
Zeitraums zurückbezahlt werden sollten. Doch sollte
kein gewinnsüchtiger Handel mit diesen Papieren getrieben werden. Gegen diese Bestimmung sündigte Voltaire.
Er schickte den Israeliten Abraham Hirsch mit Wechseln,
wofür ihm Hirsch als Aequivalent Diamanten einge-
händigt hatte, nach Leipzig und Dresden, um für seine
Rechnung für 30000 Thaler Steuerscheine zu 65 zu
kaufen. Während Hirsch auf dem Wege war, hatte
ein anderer jüdischer Geschäftsmann, Ephraim, Herrn
von Voltaire versprochen, das Geschäft ohne alle Pro-
vision abzuschließen, nur sollte ihm der Günstling des
Königs seine Protektion bei Hofe zu Theil werden lassen.
Letztere kostete diesem kein Geld, höchstens einige Worte
— um so besser. Um das Geschäft mit Abraham Hirsch

rückgängig zu machen, sorgte er dafür, daß die Wechsel,
welche er diesem mitgegeben hatte, zwei Tage vor dem
Verfalltage auf seine Veranlassung von Paris aus pro-
testirt wurden. Abraham Hirsch kam aus Sachsen ohne
Steuerscheine zurück, sehr verdrießlich über die protestirten
Wechsel, da er durch eine solche Maaßregel in seinem
Handelsgewerbe Schaden erlitten haben wollte; er drohte
mit einer gerichtlichen Klage. Eine solche hätte jedoch
Voltaire wegen der Stipulation des Dresdener Friedens
sehr unangenehm werden können, er versprach dem Israe-
liten daher Vergütung der Protest- und Reisekosten, seiner
Mühe und seines Zeitverlustes, indem er ihm von den
Diamanten diejenigen, welche er unterdessen im blauen
Kreuze des Ordens pour le mérite und bei der Darstellung eines Trauerspiels auf dem Theater in Potsdam getragen, ablaufen wollte. Die Steine waren in
Schleifen verschiedener Größe und in Ringe gefaßt.
Glänzender hat wohl nie ein dramatischer Dichter seine
eigenen Rollen gespielt, als Voltaire mit diesen
Diamanten, und wer weiß, ob er auf dieselben nicht
stolzer, als auf seine Verse war! Augenscheinlich war
ihm daran gelegen, dem Geschäftsmanne über das
fatale Steuergeschäft Stillschweigen aufzuerlegen; daher
war der Kauf zu Bedingungen abgeschlossen worden,
welche dem Verkäufer vortheilhaft waren. Später
mochte Voltaire der Kauf wieder gereuen, er zog Geld
den Juwelen vor und reichte die Klage gegen Abraham
Hirsch ein. Voltaire beschuldigte diesen, ihn betrogen

zu haben; dieser hingegen behauptete, Herr von Voltaire habe in der Handschrift, durch welche das Geschäft abgeschlossen worden, Veränderungen vorgenommen, auch seien die Steine vertauscht worden, genug, die streitigen Punkte sind eigentlich in ihrem ganzen Umfange streng juristisch nicht zum Austrage gekommen. Obwohl der König dem Großkanzler Coccejl den Befehl gegeben hatte, die Sache ohne Rücksicht, nur nach dem Gesetze zu behandeln, so scheint man, wie aus den Akten hervorgeht, von Seite der Richter, und zwar zu Gunsten Voltaire's, doch über Manches hinweggegangen zu sein. Zuletzt kam zwischen den Parteien ein Vergleich zu Stande, bei welchem Voltaire sich eben nicht großer Vortheile erfreuen konnte. Es ging ihm wie Harlekin, dieser zahlte und gab sich auch erst dann zufrieden, nachdem er seine Schläge weg hatte.

Baron Pöllnitz erzählt in den Briefen, welche sich in dem erwähnten Hefte neben denen Voltaire's befanden, daß dieser eines Tages, als der Prozeß noch im Gange war, den Großkanzler besucht habe. Voltaire begann die Conversation, indem er sagte, daß er in der Absicht komme, ihm einige Ausstellungen über das von Sr. Excellenz veröffentlichte Strafgesetzbuch zuzustellen. Es seien in demselben große Ungereimtheiten, vorzüglich was die Wechselsachen anlange. Der Kanzler dankte ihm bestens für seine »Ausstellungen« und versprach ihm auch, für die Zukunft davon Gebrauch machen zu wollen; für den Augenblick aber und bis zur

Entscheidung seines Prozesses müßten die bestehenden
gesetzlichen Bestimmungen in Geltung bleiben.

Wir verbreiteten uns darum über diese Streitsache,
weil sie den Lesern in ihrem wahren Sachverhalte, den wir
nach den Akten wiedergeben, nicht bekannt sein dürfte, und
weil in den folgenden Briefen Voltaire's und der Markgräfin mehrmals davon die Rede ist. Sie führte auch
die erste ernstliche Entfremdung zwischen dem Dichter
und seinem königlichen Freunde herbei und war in dem
Sündenregister, welches später der König vor dem
Schriftsteller aufrollte, einer der Hauptpunkte. Weiter
war letzterem auch ein Besuch bei Herrn von Groß, dem
russischen Gesandten, zur Last gelegt worden. Damit
hatte es folgende Bewandniß. Die östreichisch-franzö-
sisch-russische Allianz, welche sechs Jahre später das
Genie des königlichen Hohenzollern in seiner vollen
Glorie zu entfalten berufen war, lag schon im Jahre
1760 in der Luft, und Herr von Groß war von
der Kaiserin Elisabeth von Rußland nach Berlin gesandt worden, damit er um jeden Preis einen Bruch
zwischen den Höfen von Petersburg und Berlin herbei-
führe. Wie? das war ganz einerlei. Aber ein Bruch!
Woher aber schnell eine solche Gelegenheit nehmen?
fragte sich der Gesandte gedankenvoll. — Da plötzlich
kam ihm ein Gedanke. Bei einer festlichen Gelegenheit
in Charlottenburg wurde das diplomatische Korps gebeten, zum Souper zu bleiben. Das ahnte Herr von
Groß mit großer diplomatischer Kombination und ver-

ließ, eine Viertelstunde, bevor der geahnte Hoffourier mit der Einladung an ihn gelangen konnte, die königlichen Appartements. Er war nicht zum Souper gebeten! — Welche unerhörte Beleidigung seiner Souverainin! Er reiste ab — die Beziehungen zwischen beiden Reichen waren abgebrochen — der Krieg zwischen Preußen und Rußland brach sieben Jahre später aus — um eines Soupers willen.

Von Voltaire.

Den 30. Januar (1751).

Madame!

Ew. Königliche Hoheit haben mehr Nebenbuhler, als Sie denken; doch glaube ich, daß der Marquis von Abhemar Ihnen den Vorzug geben wird. Ich schreibe ihm noch, und zwar bringend. Mein ganzes Streben geht dahin, Sie im Frühlinge in Baireuth begrüßen zu können; aber welcher Mensch ist Herr seines Schicksals? Bruder Voltaire thut hier Buße. Er hat einen nichtswürdigen Prozeß mit einem Juden und nach dem alttestamentarischen Gesetze wird er bafür, daß er bestohlen worden ist, auch noch bezahlen müssen. Zudem kommt dabei noch eine hübsche Portion Aerger und Verdruß heraus, und das Ganze, auf vier oder fünf kleine Partien vertheilt, könnte Stoff zu einem Lustspiel geben, und dieses wäre ebenso amüsant, als das Manifest der Czarin, die jetzt Europa zum Zeugen aufruft, daß Herr von Groß nicht zum Souper gebeten war. Es würde

Ew. Königliche Hoheit auf Ihrem Theater in Baireuth gewiß sehr unterhalten. Se. Königliche Hoheit Prinz Heinrich spielte gestern zum Schluß des Carnevals »Sidney«. Das scheint mir gerade so, als wenn man an einem Galatage ein Trauerkleid anlegen wollte. Es ist das ein sehr eigenthümlicher Bühnenstoff für einen 25jährigen Prinzen. Ebenso gern, wie dieses Stück, würde ich ein Begräbniß sehen, aber der Prinz weiß in Alles, was er vorträgt, und was er thut, so viel Anmuth zu legen, daß ich über die Abneigung, die ich immer gegen dieses Stück empfand, und über die Traurigkeit desselben ganz hinwegkam. Madame, wenn wir in Potsdam ohne Frauen spielen, so schwöre ich Ihnen, daß das unserm Körper sehr nachtheilig ist. Die Mönche bitten Gott um Frauen, aber um des Himmels willen, versuchen Sie es in Baireuth nicht, die Männer auszuschließen. Das Theater ist ein Gemälde des menschlichen Lebens, und in diesem Leben müssen Männer und Frauen beisammen sein; sonst ist es nur ein halbes Leben. Haben Sie Acht auf Ihre Gesundheit, Madame; darin liegt der Kern. Wenn es lediglich auf das Verdienst ankäme, würden Sie Sich besser, als alle Prinzessinnen in dieser Welt befinden. Aber unglücklicher Weise befinden sich bei Ihnen die höchsten Vorzüge in dem schwächsten Körper. Sie sind zu der ängstlichsten Diät verurtheilt, während La Metrie sich täglich zwei Indigestionen ißt und sich darum nur um so wohler befindet. Ew. Königliche Hoheit und Ihr Bruder, der

König, find von allen Fürstenkindern diefer Erde am
besten im Geiste, aber am schlechtesten im Magen bedacht
worden. Beides müßte vereinigt fein. Ich armer,
kranker Mensch, denke hier noch vier oder sechs Wochen
zuzubringen und dann zum Ordnen meiner kleinen An-
gelegenheiten nach Paris zu reisen. Wie aber könnte
man nach Paris auf anderen Wegen als über Baireuth
gehen! Mein Herz, das mich allein führt, fagt mir,
daß ich diesen Weg wohl wählen muß. Ich lege mich
zu den Füßen Eurer Königlichen Hoheit und bringe
Ihnen fowohl, als Seiner Durchlaucht, meinen tiefsten
Respekt dar.

D.

Eigenthümlich ist es, wie verschieden im Laufe der
Zeiten die Urtheile über historische Persönlichkeiten der
Vergangenheit sich gestalten. In diefer Beziehung sind
die beiden nächsten Briefe sehr interessant. Der Held
Voltaire's war »der gute König Heinrich IV.«; für des
Dichters Zeit und Nation mußte er es fein, schon aus
Opposition gegen die Unduldsamkeit, Indolenz und
Schwäche Ludwigs XV.; die Henriade war indirekt ein
Spottgedicht auf diefen. Die Begeisterung, die heute
noch in Frankreich für den ersten Bourbon aller Orten
sich kund giebt, kommt aus der Henriade, und einen ge-
schickteren Reclamisten als Voltaire hätte Heinrich IV.,
dem wir feine großen Verdienste keineswegs streitig
machen wollen, nicht finden können. Die klare und

scharfe märkische Anschauungsweise der Markgräfin jedoch
ließ sich keinen Sand in die Augen streuen; vor ihrem
objektiven historischen Blicke verschwand die Bedeutung
dieses Königs ganz gewaltig. Sie war mit sich einig,
daß Heinrich IV. seinen Ruhm nur dem Genie seiner
großen Staatsmänner verdankt und sprach damals als
eine individuelle Ueberzeugung aus, was heutzutage eine
feststehende Thatsache ist.

Von der Markgräfin.

Den 18. Februar (1751).

Wenn Sie so sehr wünschen, mich wieder zu sehen,
so gestehe ich Ihnen, daß das bei mir ebenfalls der Fall
ist. Bruder Voltaire wird auf seiner Reise sehr willkommen sein, zu welcher Zeit es auch wäre, und wir
wollen versuchen, ihm unsere Abtei so angenehm als
nur möglich zu machen. Ich lese jetzt die Memoiren von
Sully und habe auch alle diejenigen durchgearbeitet,
welche in Bezug auf französische Geschichte in meinem
Besitze sind. Mit diesen geheimen Denkwürdigkeiten
kommt man unendlich viel weiter, als mit den allgemeinen Geschichten, deren Autoren sehr oft die großen
und schönen Thaten, seien es politische oder militärische,
denjenigen zutheilen, denen sie im Grunde gar nicht zukommen. Durch mein Studium bin ich zu der Ueberzeugung gekommen, daß Sie sehr große Männer und
sehr gewöhnliche Könige gehabt haben. Heinrich IV.

würde vielleicht nie regiert haben oder sich wenigstens
nie ohne einen Sully haben halten können, und Ludwig XIV. würde ohne einen Louvois, Colbert und
Turenne niemals den Beinamen des Großen sich erworben haben; aber so ist nun einmal die Welt; man
opfert der Größe und selten dem Verdienste.

. Sie theilen mir sehr außergewöhnliche Dinge
mit. Apollo hat einen Prozeß mit einem Israeliten! Pfui doch, mein Herr, das ist abscheulich. Ich
habe in der ganzen Mythologie gesucht und auf dem
Parnasse auch nicht e i n Beispiel eines Streites,
wie es dieser ist, gefunden. So komisch es auch
wäre, so will ich den Stoff doch nicht auf der
Bühne dargestellt sehen; große Männer müssen dort
nur in ihrem Glanze erscheinen. Ich möchte Sie auf
der Bühne als obersten Richter in Sachen des Geistes,
der Kunst und Wissenschaft bewundern, im Triumph
über Racine und Corneille; und als ewigen Diktator der
Republik der schönen Wissenschaften. Ich hoffe, daß
Ihr Israelit die Strafe für seinen Betrug erhalten,
und daß sich Ihr. Gemüth nun beruhigt haben wird.
Schicken Sie uns bald den Marquis von Abhemar;
geben Sie sich der Freude hin, werfen Sie alle Buß-
gedanken von sich und machen Sie, daß Sie sich wohlbefinden. Denken Sie auch manchmal an mich und seien
Sie meiner vollkommenen Hochachtung versichert.

Wilhelmine.

Von Voltaire.

Madame!

Bruder Voltaire empfing vorgestern den Segen
Eurer Königlichen Hochehrwürden. Wenn der Herzog
von Sully vorausgesehen hätte, daß seine Schreibseleien
über den König, über Oekonomie und Politik, eines Tages
von der Markgräfin von Baireuth gelesen werden würden,
er wäre noch einmal so eitel geworden.

Ich glaube, Madame, daß Eure Königliche Hoheit
die erste Person sind, welche den Herzog von Sully
über Heinrich IV. stellt. Was mich schwachen Menschen
anlangt, so gestehe ich, daß ich die Schwachheiten
dieses guten Königs viel lieber habe, als alle die rauhen
Tugenden seines Ministers. Nach meiner Meinung
verstand ersterer in Beziehung auf das Regieren noch viel
mehr, als der Herzog von Sully; wir verdanken mehrere schöne Manufakturen und besonders die Einführung
der Seidenwürmer nur der hellsehenden Beharrlichkeit
dieses würdigen Königs, welcher den Sieg über den
hartnäckigen und blinden Widerstand seines Ministers
davontrug. Schließlich hatte der Herzog von Sully
auch oft Prozesse mit den Juden, welche die Lieferungen
für die Armeen übernommen hatten; also werden Sie
mir schon verzeihen müssen, wenn ich gleichfalls einen
Prozeß gegen einen Nichtswürdigen des alten Testa-
mentes gewonnen habe, welchen ich selbst dann, als

er schon verurtheilt war, nur mit zu vieler Großmuth behandelt habe. Diese ganze Geschichte war mir unendlich peinlich, weil, wie Eure Königliche Hoheit bemerken, die Leute von der Feder nur dazu da sind, um zu schreiben, aber nicht, um Diamanten zu kaufen. Herr von Abhemar läßt mich alle Tage hoffen, daß er bald so glücklich sein wird, Eure Königliche Hoheit von Angesicht zu Angesicht zu sehen. Ich an seiner Stelle wäre längst abgereist. Hoffentlich wird der Kammerherr von Hamon, welcher in Paris bei mir wohnt und alle Tage mit dem Marquis von Abhemar soupirt, mir in meinen Unterhandlungen nicht hinderlich sein. Was die Damen, deren Sie bedürfen, anlangt, so hat es nicht den Anschein, daß ich diese Eurer Königlichen Hoheit sobald verschaffen kann. Warum? Weil ich entweder hier an einem Brustleiden sterben oder, ehe ich nach Paris zurückkehre, nach Italien gehen werde. Seien Sie jedoch sicher, Madame, daß ich im Herzen dem Aufenthalte in Baireuth den Vorzug vor St. Peter von Rom und dem Marcusplatz in Venedig geben werde. Der Segen des Papstes und die venetianischen Pantalonaden wiegen bei weitem weder die Ehre auf, Ihnen nahe sein zu dürfen, noch das Vergnügen, Ihre Stimme zu hören. Ich lege mich Seiner Durchlaucht, bem Markgrafen zu Füßen, und erneuere Euren Königlichen Hoheiten die Versicherungen tiefsten Respectes und der aufrichtigen Anhänglichkeit des armen und kranken Bruders Voltaire.

Ihre Güte für Herrn von Montperny, deren er so
sehr würdig ist, verleiht mir vielleicht das Recht, hier
meine frommen Wünsche für sein Wohlbefinden einzu-
schalten. Ein guter Mönch muß für alle Brüder beten.

D.

Der liebenswürdige, geistreiche, gewandte und
brave Marquis von Abhemar will noch immer nicht
kommen zum großen Verdruß Voltaire's; er läßt auch,
wie wir sehen werden, noch länger auf sich warten.
Baireuth und die Markgräfin bleiben ihm ja immer
noch gewiß; Paris ist ein Aufenthalt für Götter, und
fern von Paris ist für ihn aus der Welt. Es mag
eine Schrulle von uns sein, wir gestehen es ja, und
wir haben nirgends einen positiven Anhaltspunkt; wir
können uns aber des Gedankens nicht mehr entschlagen,
daß Madame Denis selbst die Armida ist, die Abhemar
in Paris zurückhält. Der Onkel sieht in der Sache
klar, aber er dreht der Fürstin gegenüber dieselbe natürlich anders. Die Aeußerung: »Ein fulminanter Brief«
ist ein zu verrätherischer Laut — Wo ist dieser Brief
an Madame Denis auch geblieben? Wir finden ihn
nirgends in der Correspondenz des Dichters mit seiner
Nichte. Woher sonst die stumme Angst, die krampfhafte
Bemühung Voltaire's, den Marquis von Paris weg
zu haben? Abhemar soupirt fast täglich mit dem Kammerherrn von Hamon, dieser wohnt bei Voltaire, und
Madame Denis macht die Honneurs des Hauses. —

Geduld — der Marquis wird kommen, aber erst muß
der kleine Roman in Paris zu Ende sein. O ja, ein
Gast erschien in Baireuth, aber nicht der verschriebene
und erwartete, sondern ein sehr plötzlicher Leibarzt des
Königs, der gravitätische Cothenius. Der Mann scheint
gar nicht sehr amüsant zu sein, aber er hat einen anderen großen Vorzug, er macht die kranken Menschen
wieder gesund, und leidend waren sie ja Alle, sie und
das Jahrhundert. Wie hätten sie auch so interessant
sein können!

Wie der große König für Alles den richtigen Blick
hatte, so auch für seine Aerzte. Cothenius war aus der
kleinen Stadt Havelberg in der Mark von ihm an den
Hof gerufen worden und hatte sich bewährt. Er war ein
bedeutender Arzt und hatte dem Könige im siebenjährigen
Kriege wichtige Dienste geleistet. Leider sehen wir von
nun an den Königlichen Leibarzt öfters auf dem Wege
von Berlin nach Baireuth. Die zwei langen Soldaten, die der frühere Leibarzt Daniel von Superville
den Markgrafen gekostet hatte — denn nur gegen diesen
Preis hatte der Vater Wilhelminens dem Genannten
die Erlaubniß gegeben, an den Baireuther Hof überzu-
siedeln — befanden sich noch in der Potsdamer Riesen-
garde, aber der Philosoph von Superville hatte den
ärztlichen Beruf bereits mit dem diplomatischen als Gesandter im Haag vertauscht. Die Krankheitserscheinun-
gen traten bei der Markgräfin wiederholt und bedenk-
licher ein, und die Liebe und Sorge des Bruders hatte

6*

kein Vertrauen zu den übrigen Baireuther Hofärzten. Voltaire aber wollte und durfte den Schüler Aesculap's nicht reisen lassen, ohne ihm einen Brief an seine fürstliche Gönnerin mitzugeben, um damit die Pillen und Arzeneien, womit Cothenius anrücken wird, zu versüßen.

Von Voltaire.

Potsdam, den 8. Mai (1751).

Madame!

Eure Königliche Hoheit erwarten den Herrn von Abhemar und statt dessen kommt Cothenius. Wahrhaftig, ein sehr bitterer Eintausch für die Vergnügungen und die Freuden, die Sie stets umgeben sollten. Sollen Sie denn immer nur Tränkchen und Pillen nehmen, muß man für eine so kostbare Gesundheit denn immer fürchten? Wenn das lebhafte Interesse, welches hier Jedermann an Ihrem Wohlbefinden nimmt, Eurer Königlichen Hoheit zu irgend Etwas helfen könnte, so würden Sie sehr bald genesen sein. Das Potsdamer Kloster verdoppelt für Sie seine innigen Gebete, und davon können Sie, Madame, überzeugt sein, daß meine Wünsche und Bitten für Sie die heißesten sind, für einen so unwürdigen Klosterbruder man mich auch halten will. Könnten doch Eure Königliche Hoheit wissen, wie ich Ihnen von ganzem Herzen zugethan bin! Sie kennen am besten selbst die Macht, die Sie über die Herzen ausüben. Der Schwester und dem Bruder bin ich in gleicher Weise

ergeben. Meine Frühmesse möchte ich in Potsdam und
meine Vesper in Baireuth halten. Wäre ich gewiß,
daß dieser Brief Ihnen in einem Augenblicke zukäme,
wo Sie sich wieder wohl befinden, so würde ich Ihnen
von dem Marquis von Abhemar sprechen, der sich noch
immer nicht hat entschließen können, Paris zu verlassen
und dann auch von einem Lothringschen Edelmann,
Namens Liebaub. Er ist Officier, Schriftsteller, klug, unterrichtet, und man kann in jeder Weise für ihn einstehen.
Jetzt aber vermag ich nur von der Gesundheit Eurer
Königlichen Hoheit zu sprechen, von unserer Unruhe und
von unserem Schmerze. Warum kann ich Cothenius
nicht begleiten! Warum kann ich Ihnen und dem Markgrafen nicht persönlich meine Huldigungen darbringen!
Der König geht nach Cleve, ich bleibe in meiner Zelle,
natürlich immer nur, um zu schreiben. Die Krankhei-
ten, die mich plagen, machen aus mir einen Stuben-
sitzer; aber ich vergesse meine Leiden, Madame, um an
die Ihrigen zu denken. Ich ärgere mich über die Natur, daß ich von uns Beiden nicht der einzig Leidende
bin. Warum muß eine so starke Seele wie die Ihrige
in einem so zarten Körper eingeschlossen sein? Wir
haben zehntausend große Grenadiere, welche gar nichts
denken, und die eben vor den Thoren von Potsdam
10000 Schüsse abfeuern — sie befinden sich vortrefflich und die Frau Markgräfin von Baireuth leidet!
Und die Vorsehung? Wo ist sie denn? Ich werde ihr
den Dienst auffagen, wenn Sie nicht bald wieder

gefunden; aber bei Cothenius' Rückkehr will ich ein
Tedeum singen.

Bruder Voltaire.

Herr von Montperny ist eben nicht der unermüd-
lichste Schreiber des Jahrhunderts.

Eine Pause von fast zehn Monaten ist in dem Briefwechsel eingetreten. »Ich bin zum Briefschreiben zu faul«,
schreibt der Correspondent der Fürstin um diese Zeit an
seine zweite Nichte Madame be Fontaine. »Ich war diesen
Winter sehr krank und glaubte wirklich, daß ich sterben
würde, in Wahrheit aber bin ich nur gealtert.« — Während dieser Zeit haben sich die Beziehungen zum König
gelockert, es ist ein Verhältniß eingetreten, welches
einer Ungnade von Seiten desselben nicht ganz unähnlich
sieht. »Bei der Königin-Mutter spricht man allgemein
davon, daß ich bei Eurer Majestät in Ungnade gefallen
sei«, schreibt der Dichter am 30. Januar 1752 an den
König. Der gute Pöllnitz berichtet in den von uns
jüngst veröffentlichten Briefen mit schlecht verhehltem
Neide, daß »le Chef de la Bande« bei aller Ungnade
besser behandelt werde, als Ovid, da er noch in Gunst
stand. Voltaire hatte noch Wohnung, Tafel und Equipage in den Schlössern, aber der König ließ ihm so viel
Freiheit, daß er darüber unglücklich ward; er sah ihn
jetzt selten und welchen Einfluß das auf die Stimmung
des einstigen Günstlings hatte, dem Generale, Minister
und Feldmarschälle den Hof gemacht, können wir aus

einem der erwähnten Briefe von Pöllniß vernehmen. »Herr von Voltaire ist isolirt, geistig und körperlich ab-gespannt und fast nicht mehr zum Erkennen. Gestern war er zwei Stunden bei mir; unsere Unterhaltung war sehr stumm, er sprach nicht wegen übler Stimmung, ich nicht aus Ehrfurcht vor seinem Genie. Ju einem der Zwischenacte unserer Unterhaltung sagte er mir, daß er im Begriffe stände, nach Italien zu gehen und fragte mich, ob er wohl einen großen Umweg machte, wenn er über Baireuth ginge; einen Augenblick später bat er mich, ihm das Haus, welches ich gegenwärtig bewohne, mit allen Möbeln zu überlassen, mit dem Beifügen, er sehe wohl, daß er sich nicht entschließen könne, sich aus den hiesigen Verhältnissen zurückzuziehen und daß er den König zu sehr verehre, um sich je von ihm zu trennen. Eine Viertelstunde später fragte er mich, ob ich nichts in Paris zu besorgen hätte; er hoffte am 15. und 16. Mai dort einzutreffen.«

. Diese gedrückte, grämliche, schwankende Stimmung spricht sich in dem nächsten Briefe aus. Die Mark-gräfin hatte, wie sie später erwähnt, dem Dichter über sein Schweigen Vorwürfe gemacht oder machen lassen. Darauf weist auch der Eingang des Briefes hin. Wie anders könnte Voltaire so plötzlich überspringen und auf »la pucelle« zu sprechen kommen, wenn nicht in einem vorhergehenden Briefe dieser Gegenstand berührt worden wäre? Am 3. Januar 1751 beklagt er sich in einem Schreiben an Madame Denis, sein Secretair

hätte Jeanne, dieses Mädchen, welches hundertfach unter
Schloß und Riegel gehalten werden sollte, auf Bitten
des Prinzen Heinrich demselben ausgeliefert. Schon
früher am 22. Februar 1747 hatte der König Voltaire
geschrieben: »Sie haben Ihre Pucelle der Herzogin von
Württemberg geliehen, wissen Sie auch, daß diese von
dem Manuscript über Nacht eine Abschrift genommen
hat?« Es war während jener verzauberten Tage in
Baireuth geschehen. So viel steht fest, daß eine An-
frage in Bezug auf »la pucelle«, von welchem Gedichte
Stücke in Berlin, Stuttgart und Wien zerstreut waren,
von Baireuth ausgegangen war.

Am 12. März 1752 war Mylord Thrconnel,
französischer Gesandter in Berlin, gestorben und am
11. November 1751 ihm sein Freund La Metrie vor-
angegangen. Beide liebten sich zärtlich, eine gemein-
schaftliche Leidenschaft für schwer verdauliche Pasteten
verband sie. Treu ihren Grundsätzen hatten sie bis
zum Ende ausgeharrt, sie starben Beide an einer Jndi-
gestion. La Metrie war der erste Feinschmecker, er ging
voran, Thrconnel war der zweite, er folgte, ganz der
Rangordnung gemäß. Das Haus Mylord Thrconnels
war damals einer der Grundpfeiler der Berliner Ge-
selligkeit. Madame brachte das hohe Spiel in Mode,
dinirte um 5 oder 6 Uhr und ging um Mitternacht in
Gesellschaften — eine Neuerung, die natürlich in dem
einfachen Berlin großes Aufsehen machte. Voltaire
hatte mit Mylord Comödie gespielt, gegessen, gelacht.

Er wollte dem Dahingegangenen auch ein Denkmal
setzen und hat es in seiner Pucelle gethan, an deren
fünfzehntem Gesang er eben arbeitete. »Le duc Tyrconnel«, welcher auf so brüske Weise die Zärtlichkeiten
Dorotheen's und La Tremouille's stört, ist das Eben-
bild des »frais sort et rigoureux mylord Tyrconnel« ; zuletzt wird er Karthäuser; eine symbolische An-
deutung, daß Mylord ein stummer Mann geworden ist.

Von Voltaire.

Berlin, den 28. März (1752).
Madame!

Bruder Voltaire kränklich, menschenscheu, und in
Schreiben vertieft, ist mehr als jemals von den Gefüh-
len für Eure Königliche Hoheit bewegt. Wenn er Ihnen
so oft schriebe, als er an Sie denkt, so würden Eure
Königliche Hoheit jeden Tag fünf oder sechs Briefe von
ihm haben. Mit Ungeduld sehe ich der glücklichen Zeit
entgegen, wo mir meine Gesundheit die Reise nach Baireuth erlauben wird. Auf meine Reiseprojecte nach
Frankreich und Italien habe ich zwar verzichtet, lasse
mich aber noch immer von der Hoffnung wiegen, Ihnen
meine Aufwartung machen zu können. Ehedem mußten
Dichter und Künstler nach Neapel, Florenz oder Ferrara
gehen, jetzt muß ihr Reiseziel Baireuth sein.

Sollten Eure Königliche Hoheit Lust haben, eine
neue Oper zu geben, wählen Sie ja nicht Orpheus;

der König hat sie eben aufführen lassen, aber niemals habe ich einen so dummen Pluto und einen so langweiligen Orpheus gesehen. Die Musik von Graun hat immerhin schöne Stellen, aber dieses Mal ging sie an dem Dichter des Textes zu Grunde. Der König, der sich sehr gut auf derartige Dinge versteht, hatte glücklicher Weise viel streichen lassen. Neben mir gähnte ein alter Militair, er verstand kein Wort Italienisch. In der That mein Herr, sagte ich zu ihm, der König ist der vortrefflichste Fürst der Erde, er hat mehr als jemals Mitleid mit seinem Volke. Wie so? fragte mein Nachbar. Weil er, erwiederte ich, diese Oper um die Hälfte gekürzt hat.

Ich schmeichle mir mit dem Gedanken, daß Eure Königliche Hoheit schöne Feste gehabt, vor Allem aber, daß Sie sich eines vollkommenen Wohlseins erfreut haben. O, Madame, denken Sie vor Allem an Ihre Gesundheit, hier müssen alle Wünsche für Sie zusammentreffen. Schönheit, Größe, Geist, Liebenswürdigkeit, Alles ist Nichts, wenn man schlecht verdaut. Der Magen macht die Glücklichen...

Gewiß, Madame, habe ich von »la pucelle« mehr Nachrichten, als Eure Königliche Hoheit glauben. Die Frau Herzogin von Württemberg hat in Ihrem Schlosse wirklich eine Nacht zugebracht, um sich mehrere Blätter voll zu schreiben. Was aber in Wien von den Ueberresten dieses Mädchens existirt, kommt von der Schlacht von Sorr: die umherstreifenden Husaren, welche sich

das Vergnügen machten, die Bagage des Königs zu
plündern, während er die regulären östreichischen
Truppen schlug, stahlen »Le siècle de Louis XIV.«
und was der König von »la pucelle« besaß, das mögen
ungefähr 700 — 800 von dem Ganzen des Werkes
abgerissene Verse gewesen sein. So war Jeanne ein
wenig zerrissen worden, aber darum hat sie doch ihr
Mädchenthum nicht verloren. Jeanne war ja immer
dazu bestimmt, im Kriege gefangen genommen zu werben. Vor einigen Monaten machte ich zwei neue Ge-
sänge, ich brachte einen gewissen dicken Tyrconnel hin-
ein, jedoch hat es mein Tyrconnel nicht weit gebracht.

Verzeihung, Madame, aber es bleibt mir kein
Platz mehr, um Eure Königlichen Hoheiten des tiefen
Respects Bruder Voltaire's zu versichern.

Von Voltaire.

Potsdam, den 10. April (1752).

Madame! ·

Seit einem Jahre hatte ich vom Marquis von Abhemar keine Nachrichten mehr. Er hätte so gern Eurer
Königlichen Hoheit seine Dienste gewidmet, und auch
Ihnen wäre es angenehm gewesen, Ihrem Hause ihn
einzuverleiben. Bis jetzt hat er die Schwierigkeiten,
welche ihm sein Vater bereitete, nicht überwinden können. Letzterer ist, wie Eure Königliche Hoheit jedenfalls wissen, Oberhofmarschall des Königs Stanislaus

in Lunéville. Nun schreibt mir der Sohn, daß er die ihm entgegenstehenden Hindernisse beseitigt hat, und bereit ist, sich Eurer Königlichen Hoheit zu Füßen zu werfen. Ich weiß nicht, Madame, ob hinsichtlich seiner Ihre Entschlüsse noch dieselben sind. Da alle Posten Ihres Hauses besetzt sind, so würde er den Titel eines Ehrencavaliers beanspruchen; das ist eine Charge, die man nur noch in Frankreich kennt, sie entspricht der des ersten oder des Oberstallmeisters. Das wäre aber nur ein einfacher Titel, und zuletzt handelt es sich auch nur darum, damit es nicht darnach aussieht, als ob er ein überflüssiger Mensch sei. Ich erinnere mich, daß ihm Eure Königliche Hoheit 1500 Thaler Besoldung geben wollten. So steht es gegenwärtig mit dieser kleinen Angelegenheit. Ich habe dem Marquis von Abhemar geantwortet, daß ich Ihre Befehle erwartete, dabei aber Eure Königliche Hoheit zu gar Nichts verpflichtet. Ich werde ihm von Ihrem endgültigen Entschluß, Madame, und von den Befehlen, mit denen Eure Königliche Hoheit mich zu beehren so gnädig sein werden, Mittheilung machen. Mein sehnlichster Wunsch wäre es, mit dem Marquis für einige Zeit die Zahl Ihrer Hofleute zu vergrößern, aber Bruder Voltaire weiß noch nicht, wann er seine Zelle verlassen kann, er ist der beste Mönch der Welt und gewöhnt sich nur zu sehr an das Einsiedlerleben. Nach der Hochzeit Seiner Königlichen Hoheit des Prinzen Heinrich könnte ich mich wohl losmachen und Ihnen persönlich meine

Aufwartung machen, aber ich kann Nichts versprechen
und ergebe mich ganz in den Willen der Vorsehung.
Ich schmeichle mir, daß Ihre Gesundheit, Madame,
nicht mehr von den Gewittern zu leiden hat, welche
Sie so sehr beängstigt haben.

Damit keinerlei Bitterkeit sich in die Annehmlichkeit
Ihres Lebens mische, so erlauben Sie mir, mehr als
jemals, Eurer Königlichen Hoheit und Seiner Durchlaucht dem Markgrafen die Versicherung meines tiefsten
Respects und meiner unaufhörlichen Anhänglichkeit zu
erneuen. Wenn ich es wagte, so würde ich hier einige
Worte für Herrn von Montperny einfließen lassen,
aber wie darf ich mir diese Freiheit nehmen?

Von der Markgräfin.

Den 20. April (1752).

Die Buße, welche Sie sich auferlegen, hat endlich
meinen Zorn über Sie besänftigt. Ich hatte Ihre
Gleichgültigkeit noch immer nicht vergessen können.
Das Geringste, um Ihre Sünde zu sühnen, ist eine
Wallfahrt zu Unserer lieben Frau von Baireuth. Um
diesen Preis wird Bruder Voltaire absolvirt; er wird
hier sehr willkommen sein und Freunde finden, die es
sich angelegen sein lassen, ihm ihre Werthschätzung an
den Tag zu legen. Indessen zweifle ich noch an der
Erfüllung Ihrer Versprechungen. Hat denn das deutsche
Klima in so kurzer Zeit Ihre französische Beweglichkeit

so umgewandelt und Sie so schwerfällig gemacht? Da
die beabsichtigte französische und italienische Reise in
Nebel zerronnen ist, so fürchte ich ein gleiches Schicksal
für die nach Baireuth. Seien Sie denn auch ein ächter
Deutscher in Ihren Entschlüssen und verschaffen Sie
mir bald das Vergnügen Sie begrüßen zu können.

Obgleich Sie abwesend sind, war es Ihnen gelungen, mich zu Thränen zu bringen. Gestern habe ich
Ihren falschen Propheten darstellen sehen (Mahomet).
Die Schauspieler haben sich selbst übertroffen und Sie
hatten den Triumph, unsere fränkischen Herzen, welche
sonst den Felsen gleichen, die auf sie herniederschauen,
in die lebhafteste Bewegung zu setzen.

Der Marquis von Abhemar hat vor vier Wochen
an Herrn von Folard schreiben lassen. Ich vergaß, es
Ihnen in meinem letzten Briefe mitzutheilen. Sie
können wohl denken, daß seine Anerbietungen mit Vergnügen angenommen wurden. Montperny hat ihm
dem entsprechend geantwortet. Ich hoffe, daß er mit
den Bedingungen zufrieden sein wird. Sie gehen weit
über seine Wünsche. Sie bestehen in 4000 Livres,
freier Tafel und Equipage. Ich bitte Sie, Ihr Werk
zu vollenden und es recht bald zu einem Abschluß zu
bringen; ich werde Ihnen sehr dankbar sein. Sie
wissen, daß der Titel, welchen er beansprucht, in
Deutschland nicht gebräuchlich ist; da dieser dem eines
Kammerherrn entspricht, so wird der Marquis bei mir
diesen letzteren Titel führen.

Die Zeit hindert mich, Ihnen heute noch mehr zu
sagen, nehmen Sie die Versicherung, daß ich stets Ihre
Freundin bleiben werde.

Wilhelmine.

Nicht der Geist reißt eine Kluft zwischen den Menschen, sondern der Charakter. Von jenem fühlte sich
bei Voltaire der König unwiderstehlich angezogen, von
dem letzteren fortwährend abgestoßen, damit ist das Un-
haltbare dieses Verhältnisses bezeichnet. Zu der Affaire
mit Arnaud, dem Diamantenprozesse, war auch noch ein
Besuch Voltaire's bei dem russischen Gesandten v. Groß
gekommen. Sah man schon in jener Zeit den Verkehr
einheimischer Personen mit fremden Diplomaten sehr un-
gern, so hatte Voltaire auch noch bei einem Besuche, den
er dem Gesandten machte, über die Souper-Differenz in
einer Weise gesprochen, als wäre er vom Könige dazu
beauftragt gewesen. In solchen Dingen verstand Letzterer keinen Spaß. Der Staat und die öffentliche
Wohlfahrt waren ihm etwas so Ernstes und Heiliges,
daß er das Individuum davon gänzlich abtrennte.
Durch seine ganze Regierungszeit hat Friedrich diese
Grenze zwischen dem König und dem Privatmann auf
das Strengste eingehalten, und hierin liegt auch großen-
theils das Geheimniß seiner großen Erfolge. Den Tag
über war er König, da kannte er Herrn von Voltaire
nicht, hingegen am Abend bei den Soupers, die entweder in dem kleinen, von Pesne gemaltem Eckgemach

des Potsdamer Stadtschlosses oder in dem Marmorsaal von Sanssouci abgehalten wurden, bei diesen Symposien, wo er nur Herr und Wirth des Schlosses war, und vor den Andern nichts als den Geist voraus haben wollte, da war Voltaire sein Freund, sein Günstling, der König des Abends; der Dichter jedoch vermochte sich in diese rigorose Unterscheidung nicht zu finden; er war die petites-entrées und die Hinterthüren von Versailles gewöhnt, dort war der König der Staat und König war die Pompadour, einst seine liebe, theure Freundin, mit welcher er aber schon damals nicht mehr auf sehr gutem Fuße stand.

Wir glauben sehr gern, daß eine solche Vermischung auf die Phantasie eines Dichters, namentlich wenn dieser, wie Voltaire, Neigung und Talent zur Intrigue und dazu auch noch Ehrgeiz hatte, einen großen Reiz üben mußte, nur konnten solche Talente bei diesem Könige nicht in Anwendung kommen; denn Friedrich der Große kannte keine Boudoir-Politik. Ueberhaupt haben die Hohenzollern wie auf dem Exercierplatze, so auch in ihrem Kabinette immer auf strenge Linie gehalten.

Nimmt man zu obigen ärgerlichen Vorfällen noch mündliche Zwischenträgereien, gesellschaftliche Piquanterien, hartnäckige Mißverständnisse, so wird man sich mitten in einer Situation befinden, welche den König gegen den Gast äußerlich in strenger Beobachtung der gesellschaftlichen Formen, in Darbietung aller Annehmlichkeiten eines Königlichen Haushaltes, innerlich aber von einer zunehmenden Kälte und unüberwindlichen Unnahbarkeit zeigt, die in dem merkbaren Abstand von dem früheren Verhältniffe in des Dichters Herzen nagte, zehrte, und den Entschluß erzeugte, durch die Markgräfin auf den König zu wirken. Voltaire konnte wohl den Zorn des Königs ertragen, aber nicht diefe Gnade der Ungnade. In dem Antwortfchreiben Wilhelminen's vom 12. Juni (von dem Herausgeber der Correfpondenz Voltaire's ift es irrthümlicher Weise in das Jahr 1751 verfetzt; es gehört in das Jahr 1752) äußert die Markgräfin zwar, daß fie dem Könige in diefer Angelegenheit gefchrieben habe, aber man merkt es ihr an, daß fie diefelbe von fich abweifen will. Sie kennt den König, weiß, wie er fich über Voltaire gegen fie ausgelaffen hat und welche Antwort fie zu gewärtigen hatte. Wir finden auch nirgends in dem Briefwechfel zwifchen Bruder und Schwefter aus diefer Zeit eine auf diefe Sache bezügliche Stelle.

Wenn doch nur erft diefer fatale Marquis von Adhemar in Baireuth wäre! Er mag ein ganz liebenswürdiger Menfch gewefen fein, aber nachgerade fängt er an, ein wenig langweilig zu werden. Ein Glück nur, daß die beabfichtigte Beeinfluffung des Königs durch die Markgräfin den nächften Brief fo intereffant macht. Die in denfelben eingeftreute kleine graziöfe Strophe, die nach unferm Wiffen nicht unter den Poefieen des Dichters gedruckt ift, bezieht fich auf die Heirath des zweiten Bruders des Königs, des Prinzen Heinrich, nachherigen Siegers von Freiberg, der am 25. Juni 1752 die Prinzessin Wilhelmine von Hessen-Cassel heirathete. Der erwähnte Chevalier von Folard war französischer Gesandter beim Reichstage in Regensburg und Neffe des berühmten Commentators des Polybius.

Von Voltaire.

(Ende Mai 1752.)

Ich habe noch keine Antwort vom Marquis von Abhemar erhalten. Ich schrieb ihm an denselben Tage, wo ich die Befehle empfing, mit denen Eure königliche Hoheit mich beehrten. Möglich, daß er sich an den Chevalier von Folard gewendet hat, oder daß er die Ehre hatte, selbst an Eure Königliche Hoheit zu schreiben. Vielleicht ist er schon so glücklich, in Ihrer Nähe zu sein, ohne daß ich in meiner tiefen und glücklichen Zurückgezogenheit von Potsdam davon Etwas weiß; möglich auch, daß er noch zu keinem Entschlusse gekommen ist. Nach Allem, was ich sehe, Madame, ist es schwer, Abhemars und Graffignys zu haben; es ist viel leichter, sich Leute wie Voltaire's zu versichern, die zu Nichts gut sind, aber sich mit ihrem ganzen Herzen denen hingeben, welche zu lieben sie sich erkühnen. Ich bin in Potsdam geblieben, während Ihr Königlicher Bruder in der Umgegend von Berlin dem Kriegeshand-werke nachgeht. Sie wissen, daß er einen ziemlich lang andauernden und heftigen Gichtanfall hatte. Wissen Sie auch, Madame, daß er während dieses Anfalls seinen geschwollenen Fuß in den Stiefel zwängte und davon ritt, um im Regen Revüen abzuhalten? Nach Dem und Aehnlichem wird sich die Nachwelt nicht mehr wundern, daß er Schlachten gewonnen hat; ich bewundere ihn jeden Tag, sowohl den König als auch den Menschen. Seine Güte und seine Nachsicht in der Gesellschaft bilden den Reiz und den Genuß meines Lebens. Wohl hatte er Recht, in einer seiner schönen Episteln zu sagen, daß er ein strenger König und ein humaner Bürger sei, aber noch mehr als ein strenger König ist er human als Bürger. Seine Tugenden und seine Talente, seine Philosophie und seine Verachtung des Aberglaubens, seine Zurückgezogenheit und die Einförmigkeit seines Lebens, sein unermüdlicher Fleiß im Studiren wie in der Sorge für sein Land, Alles dieses erzeugt in mir die innigste Anhänglichkeit, die nie enden und mich nie bereuen lassen wird, daß ich für ihn Alles verlassen habe. Wahrhaftig, Eure Königliche Hoheit dürften wohl in einem Ihrer Briefe ihn veranlassen, daß er sich mir wieder in Gnade zuwende. Gehörte ich zu den Frömmlingen und wäre ich fanatisch wie sie, so könnte mein Enthusiasmus für ihn nicht größer sein. Ich habe ihm aber davon noch kein Wort gesagt und er weiß nicht, was ich im Innern für ihn fühle. Unverholener dagegen spreche ich zu Eurer Königlichen Hoheit von meiner Ergebenheit für Sie, von meiner Sehnsucht, Ihnen in Baireuth meine Aufwartung machen zu können, mit einem Worte, von einem Paradiese in das

7*

andere zu gehen. Aber wann? Ich kann gar Nichts
sagen. Ich bin hinsichtlich meiner Reisen das, was
Abhemar mit seiner Uebersiedelung ist, ich fasse gar
keinen Entschluß, nur das weiß ich: befindet man sich
einmal in Baireuth oder in Potsdam, so kann man
auch nicht mehr fortgehen. Sie werden in kurzer Zeit,
Madame, eine neue Schwägerin bekommen, Alles rüstet
sich zu glänzenden Festlichkeiten, aber diese werden in
meinen Augen niemals denen gleichkommen, die ich vor
zwei Jahren gesehen habe. Sie, Madame, waren der
Reiz derselben und übrigens braucht denn ein alter
Philosoph seine Zurückgezogenheit aufzugeben, um sich
den Neuvermählten vorzustellen? Bin ich zu einem
Hochzeitsgaste gemacht? Als guter Mönch hege ich alle
möglichen guten Wünsche, daß die Ehe Seiner Königlichen Hoheit des Prinzen Heinrich auf das Allerreichste
gesegnet werde.

Amoretten, Grazien und Geister der Lust,
Ihr leichte, geflügelte, flatternde Schaar,
Umschwebet, umschlinget in üppigem Tanz
Das Lager, wo ruhet das bräutliche Paar.
Bei mir, ach bei mir ist ausgeliebt,
Das ist's, was nicht euch, aber mich sehr betrübt.

Mit tiefstem Respect und unveränderlicher Ergebenheit habe ich die Ehre, mich Eurer Königlichen
Hoheit und Seiner Durchlaucht dem Markgrafen zu
empfehlen. Hat Herr von Montperny Bruder Voltaire
vergessen?

Von Voltaire.

Madame!

Bruder Voltaire treibt es nicht mehr lange, Bruder Voltaire stirbt, er unterbricht jedoch seinen Todeskampf, um Eurer Königlichen Hoheit zu sagen, daß er nun endlich Herrn von Abhemar in Ihrem Dienste glaubt. Hoffentlich empfindet letzterer dieses Glück in seinem ganzen Umfange. Was mich betrifft, so bin ich zu Nichts mehr nütze und ich weiß nicht, wie Ihr Bruder, der König, noch so viel Güte haben kann, mich zu behalten. Man sagt mir, daß die Frau Markgräfin von Ansbach in Berlin ist; ja wohl giebt es eine Markgräfin, welche ich dort wissen möchte und ich bilde mir ein, daß die Ehre, ihr meine Ergebenheit zu bezeigen, mir meine Gesundheit zurückgeben wird. Warum sind Sie nicht gekommen, Madame? Es geht das Gerücht, daß in der Oberpfalz die Pest grassirt; vielleicht ist es nicht wahr. Wenn der König nicht in Potsdam ist, kommen auch keine Nachrichten hierher und dann ist man hier so gut wie vom Menschengeschlechte ausgeschlossen. Ist Er abwesend, dann ist Alles todt. Wäre es aber wahr, daß die Pest sich in Ihre Gegend verbreitet, so ist Potsdam eine wahre Sauvegarde; man schickt mehrere Detachements großer Grenadiere gegen sie und eben so wie die Oestreicher, wird auch die Pest vor ihnen fliehen.

Außerdem hat mir der Marquis von Abhemar geschrieben, daß er längst schon zu den Füßen Eurer Königlichen Hoheit wäre, aber leider hat er eine große
Krankheit durchmachen müssen; ich hoffe, daß es nicht
die Pest war.

Bruder Voltaire verneigt sich auf seinem Schmerzens-
lager vor Eurer Königlichen Hoheit und Seiner Durchlaucht dem Markgrafen.

Von der Markgräfin.

Den 12. Juni (1752).

Der Marquis von Abhemar ist noch nicht angekommen. Wir erwarten ihn aber jede Stunde, er war
krank und das hat seine Abreise verschoben. Ich glaube
im Gegentheile, daß es viel leichter ist, Abhemar's und
Graffigny's zu haben, als Voltaire's. Nur der König
hat das Recht, letztere zu besitzen. Sie lassen mich wirklich die Qualen des Tantalus erleiden, Sie versprechen
mir immer hieher zu kommen, und wenn ich mich der
Erwartung, Sie zu sehen, hingebe, so werden meine
Hoffnungen wieder zu Wasser. Wenn Sie wirklich Lust
haben, so hätten Sie ja die Abwesenheit des Königs
benutzen können, aber Sie machen es wie die großen
Staatsmänner: diese bezahlen auch nur mit schönen
Worten. Ich habe dem König das, was Sie mir hinsichtlich seiner geschrieben haben, mitgetheilt. Wenn man
ihn kennt, muß man ihn auch lieben und sich ihm ganz

hingeben. Er gehört zu den Phänomenen, wie fie in einem Jahrhundert höchſtens einmal erſcheinen. Sie kennen meine Gefühle für dieſen theuren Bruder, alſo will ich über dieſen Gegenſtand kurz hinweggehen. Wir führen gegenwärtig ein Landleben; ich theile meine Zeit zwiſchen Körper und Geiſt, man muß den einen unterhalten, um den anderen zu erhalten, denn jeden Tag mache ich immer mehr die Bemerkung, daß wir nur denken und handeln, je nachdem unſere Maſchine in Ordnung iſt. Sie ſcheinen ein arger Miſanthrop geworden zu ſein. Während der König in Berlin iſt, bleiben Sie in Potsdam und bilden ſich ein, daß ein Philoſoph nicht zu einer Hochzeit gehört. Man ſieht eben, Sie haben niemals die Ehe verſucht und wiſſen nicht, daß einer der weſentlichſten Punkte in dieſem Stande iſt, ſich ſeine Philoſophie zu bewahren, nament- lich in Deutſchland. Die ſechs Verſe, welche Sie über dieſen Gegenſtand gemacht haben, kommen mir ein wenig epikuräiſch vor und dieſer Epikuräismus iſt mit der Miſanthropie unverträglich. Sie brauchten nur eine neue Uranie, die Sie Ihren ſchwarzen Gedanken ent- zöge und wieder Geſchmack an den Freuden der Welt finden ließe.

Der Markgraf läßt Ihnen ſehr viel Schönes ſagen, Montperny iſt Ihr Freund wie immer; wir ſprechen ſehr oft von Ihnen, aber kränklich und mit Geſchäften überhäuft, kann er Ihnen nicht ſchreiben. Seine Schmerzen laſſen nach, aber er hat ſie alle Tage einige

Stunden laug; um seine Gesundheit wieder herzustellen, lebt er wie ein Mönch; ich sehe ihn zwar täglich, aber auch nur auf Augenblicke, er war die beste Kraft unserer kleinen Gesellschaft, ich hoffe, daß Abhemar ihn ersetzen wird.

Nehmen Sie die Versicherungen, daß ich nur eine Gelegenheit suche, Sie von meiner vollkommenen Hochachtung zu überzeugen.

Wilhelmine.

P. S. Als ich in Berlin war, sagte mir der König, daß er jetzt »L'Esprit de Bayle« schreiben wollte. Ist dieses Werk fertig und kann man es haben, so bitte ich Sie, es mir zu verschaffen. Ich habe auch ein Supplement zu dem Dictionnaire bekommen, welches in England gedruckt ist, nach meiner Meinung entspricht dieses seinem Original in sehr unzureichender Weise.

Von Voltaire.

Potsdam, den 27. Juni (1752).

Madame!

Bruder Voltaire kann für seine letzte falsche Nachricht nicht, man hatte ihm das Gerücht in seine Zelle gebracht, aber nie mehr wird er einem solchen glauben, wenn der Heros nicht in Potsdam ist; denn nur in diesem Falle kann man auf zuverlässige Nachrichten rechnen.

Der arme Mensch mit seiner Nachricht von der Ankunft einer Markgräfin und der Pest in Augsburg! Er bittet Eure Königliche Hoheit vielmals um Verzeihung. Alles was ich weiß, ist, daß der Marquis von Abhemar mir die heilige Versicherung giebt, daß er in nächster Zeit Ihnen zu Befehl stehen wird, wenn er nicht schon in Baireuth angekommen ist. Bruder Voltaire würde gut thun, seine Zelle nur in der Absicht zu verlassen, um in Ihre Abtei zu kommen. Er läßt nicht nach mit seinen Wünschen und mit seinen heißen Gebeten für die Gesundheit, das Glück und das lange aber durchaus nicht das ewige Leben Eurer Königlichen Hoheit und Seiner Durchlaucht des Markgrafen.

d.

Anfangs August 1752 war der Abbé de Prades in Berlin angekommen. Voltaire interessirte sich für ihn, weil er von d'Alembert an Madame Denis und von dieser ihrem Onkel empfohlen, mehr noch aber, weil er ein Opfer der Pariser Geistlichkeit war, wenn auch ein ziemlich unschuldiges. In Wahrheit hätte diese dem guten Abbé keine größere Ehre anthun kön-nen, als seine »Thèse«, in welcher die Sorbonne die Ketzerei englischer Deisten witterte, zu verdammen. Als der Abbé eines schönen Morgens erwachte, erfuhr er zu seinem großen Erstaunen, daß er ein staatsgefähr-licher Mensch sei und daß das Parlament ihn verfolge. Von Paris entfloh er nach Holland, von da kam er nach

Berlin. Hier brachte ein wegen seiner religiösen Den-
tungsweise Verfolgter vornherein die beste Empfehlung
mit sich. Voltaire und Marquis b'Argens suchten ihn
in irgend eine Stellung zu bringen; er wurde Lecteur
und literarischer Secretair des Königs, ein würdiger
Nachfolger La Metrie's, eben so lustig, dick und viel-
essend wie dieser. Er wurde von »la Bande« darum
nur »frère Gaillard« genannt. Was ihm, wie es sich
bei näherer Bekanntschaft ergab, an allgemeinem Wissen
abging, und das war ziemlich viel, das ersetzte er, wo-
von auch später der König spricht, durch eine unermüd-
liche Lunge. Ihn betrifft der nächste Brief, er enthält
eine Empfehlung des Abbé. Obgleich dieser nicht genannt ist, so können die näheren Bezeichnungen in dem
Schreiben nur auf ihn passen. Es ist anzunehmen, daß
man im ersten Augenblicke nicht wußte, wohin mit ihm
und daß Voltaire zunächst an die Markgräfin dachte,
bis dann später der König aus Schlesien zurückkam und
de Prades für sich behielt. Aber auch dieser hat sich
nicht bewährt. Während der König mit Frankreich im
Kriege war, unterhielt der Lecteur heimliche, verräthe-
rische Verbindung mit dem französischen Oberbefehls-
haber, ungeachtet ihm Friedrich große Wohlthaten erwiesen und ihn in den Genuß fetter schlesischer Pfründen
gesetzt hatte. Der Herr Abbé hatte vergessen, daß man
vor dem Patrioten ein ehrlicher Mann sein muß, und
büßte dies mit Magdeburg und später mit der Verban-
nung aus der Nähe des Königs.

Don Voltaire.

Madame!

Bruder Voltaire schreibt, wie Eure Königliche Hoheit ersehen werden, nur von göttlichen Dingen. Er ist ja auch in einem Kloster, wo man an seinem Heile arbeitet. Der theologische Gegenstand, um den es sich haudelt, gäbe einen viel dickeren Band, als die Summa theologiae des heiligen Thomas. Er legt beifolgende »Thèse« zu Ihren Füßen und giebt es Eurer Königlichen Hochehrwürden anheim, sich darüber zu äußern. In Frankreich giebt es Mönche von Jontevraud, welche blindlings einer Aebtissin gehorchen, ich fühle mich dazu gehörig.

Brauchten Sie, Madame, einen Vorleser? Ich wüßte einen, der an Lunge und an Geist gleich unermüdlich, einen Theologen, der nicht an Gott glaubt, der gelehrt ist wie La Croze, eben so dick ist und eben so ißt wie dieser, der sehr leicht zu behandeln und gar nicht theuer ist. Ich könnte ihn Eurer Königlichen Hoheit verschaffen und Sie wissen, ich mache Ihnen keine schlechten Geschenke. Durch mein ganzes Leben können Sie auf meinen Eifer für Ihren Dienst rechnen.

Ihrer Befehle habe ich mich bei dem Baron von Pöllnitz entledigt. Damit kann man ihm seine Gesundheit wiedergeben und wirklich befindet er sich schon viel besser.

Hätte ich jemals eine Gesundheit, wie sie der höchste
Autor der natürlichen Religion mir rundweg verweigert
hat, sicher käme ich nach Baireuth, um mich nach der
Ihrigen zu erkundigen. Baireuth ist die Kirche, wohin
ich wallfahrten, wo ich meinen Gottesdienst halten und
vor der erhabenen Heiligen mich niederwerfen will, um
sie in tiefster Ehrerbietung anzurufen. Würden wohl
Seine Durchlaucht der Markgraf meine Huldigungen
entgegenzunehmen so gnädig sein? Gestatten mir Eure
Königliche Hoheit huldvollst, daß ich in dieses Packet
einen Brief für Herrn von Adhemar mit einlege?

D.

Der Zustand des Herrn von Montperny nimmt
mein inniges Mitgefühl in Anspruch; Eure Königliche
Hoheit würden in ihm einen Diener verlieren, wie ihn
Fürsten nur sehr selten finden.

Von Voltaire.

Potsdam, den 27. October (1752).

Madame!

Bruder Voltaire ist todt für die Welt, er findet
nur noch Gefallen an der Zelle und dem Kloster, das
er seit acht Monaten nicht mehr verlassen hat, sein
Stillschweigen bricht er auch nur für Eure Königliche
Hoheit. Trotz seiner Entsagung von allem Aeußeren,
ist ihm noch eine kleine Schwäche geblieben, und diese
Schwäche, Madame, sind Sie. Zwar glaubt er selbst,

daß es gar keine ist, und daß Gott ihm verzeihen wird,
wenn er eine so tief begründete Anhänglichkeit an eines
seiner vollkommensten Wesen bewahrt. Ich nehme mir
die Freiheit, Ihnen ein kleines Andachtswerk zu schicken,
welches ich für meinen sehr ehrwürdigen Vater im Herrn,
den Philosophen von Sanssouci verfaßt habe. Nur
bitte ich Eure Königliche Hochehrwürden inständigst,
davon ja keine Abschrift machen zu lassen. Die Geheimnisse der Heiligen dürfen vor profanen Augen nicht ent-
weiht werden. Das fromme Manuscript ist zwar sehr
klein geschrieben, vielleicht können Sie es sich vom Marquis von Abhemar oder vom Marquis de Montpernn,
den Diaconen Ihrer Kirche, vorlesen lassen. Leider
kann meine Hoffnung, daß der Marquis von Abhemar
bereits um Eure Königliche Hoheit ist, nur auf einer
Voraussetzung beruhen, denn von ihm selber habe ich
seit einem halben Jahre keine Nachricht. Ist er aber
bei Ihnen, Madame, dann kann es mich gar nicht mehr
wundern, daß er alle übrigen Menschen vergißt; ich
hoffe immer noch eine kleine italienische Reise zu machen
und vor meinem Tode die unterirdische Stadt zu sehen,
aber bevor ich das schaue, was unter der Erde ist,
gedenke ich dem Verehrungswürdigsten, was über der
Erde ist, meine Ehrfurcht zu bezeigen und Eurer Königlichen Hoheit und Seiner Durchlaucht dem Markgrafen
die Versicherung tiefster Ehrerbietung und des innigsten
Eifers Bruders Voltaire's zu erneuern.

Dieser Brief traf die Markgräfin wahrscheinlich in Erlangen, der Hauptstadt des Unterlandes des Markgrafthums Baireuth. Dort hielt sich der Markgraf alljährlich im Herbste einige Zeit zur Abhaltung der Jagden auf; seine Gemahlin jagte nicht mit, sie blieb in dem hübschen Schlosse zurück und in ihrem Gemache, das hinaus in den stillen melancholischen Schloßgarten sah, wo vielleicht eben der Wind die Herbstblätter aufscheuchte, schrieb sie diese Antwort. Die kleine philosophische Abhandlung, in welcher der speculative Geist und das warme Gefühl dieser Frau gleich überzeugend sich kund geben, ist dem Orte ganz entsprechend. In Erlangen hatte die Markgräfin 1743 eine Universität gegründet, die heute noch in Blüthe und Ansehen steht und eine fruchtbare Pflanzstätte deutscher Wissenschaft vornehmlich evangelischer Theologie geworden ist. Bei Gelegenheit der Einweihung derselben hatte die Schülerin des Descartes, bei der hier und da von der ideellen Anschauung ihres Meisters eine leise Schwenkung zu Spinoza und weiter zu der Empirie der englischen Deisten bemerkbar wird, unter den Themata zu einer deutschen Disputation auch den Satz aufgegeben: Daß die Materie denken könne. Voltaire hatte in seinen Briefen über Locke denselben Satz aufgestellt, und diesen seinem englischen Meister nachgesprochen, der ihn hinwieder von Spinoza entnommen hatte, freilich in rein erfahrungsmäßiger Ausdehnung und darum in veränderter Auffassung. Nach Spinoza sind Materie und

Geift eins, und der vermeintliche Unterschied liegt nur
in den Grenzen unserer beschränkten Erkenntniß, während
Locke einen Schritt weiter geht, und die geistige Thätigkeit des Menschen von den Anregungen und Funktionen
des menschlichen Körpers ausgehen läßt. Man sieht, die
Frage hat, wie heutzutage, schon vor hundert und vor
tausend Jahren die Geister beschäftigt, und das große
Geheimniß wird das Denkerräthsel bis zum letzten
Menschengedanken bleiben.

Von der Markgräfin.

Erlangen den 1. November (1752).

Um das Werk, welches Sie mir gütigst übersandt
haben, würdig zu loben, dazu braucht es mehr Geist
und Feinheit, als ich besitze. Man muß bei Bruder
Voltaire auf Alles gefaßt sein. Was er Schönes macht,
setzt nicht mehr in Erstaunen; das war früher der Fall,
seit langer Zeit bewundert man ihn nur noch. Ihr
Gedicht »Sur la loi naturelle« hat mich entzückt.
Neuheit des Gegenstandes, Erhabenheit der Ideen,
Schönheit der Form, Alles ist darin vereint, aber —
darf ich es sagen? Eines fehlt, um es vollkommen zu
machen: der Gegenstand erfordert eine größere Ausbrei-
tung, als Sie ihm gegeben haben. Besonders der
erste Satz erfordert eine weitläuftigere Erklärung. Erlauben Sie, daß ich mich ausspreche und Ihnen meine
Bedenken mittheile.

Gott, sagen Sie, hat allen Menschen das Gefühl
der Gerechtigkeit und das Gewissen gegeben, um ihnen
seinen Willen kund zu geben, eben so wie er ihnen alles
zum Leben Nothwendige dargeboten hat. Hat also
Gott dem Menschen die Gerechtigkeit und das Gewissen
verliehen, so sind folglich diese beiden Eigenschaften
dem Menschen angeboren und werden nothwendige Attri-
bute seines Wesens. Daraus folgt in nothwendiger
Folge, daß der Mensch demgemäß handeln muß, und
daß er weder ungerecht sein kann, noch von Gewissens-
bissen beladen, da er doch nicht gegen einen mit seinem
ursprünglichen Wesen verbundenen Instinkt handeln
kann. Die Erfahrung lehrt aber das Gegentheil:
Wenn die Gerechtigkeit ein Attribut unseres Wesens
wäre, so wäre alle Hinterlist verbannt, die Advokaten
stürben Hungers und die Parlamentsräthe würden
Frankreich um ein gegebenes oder verweigertes Stück
Brot nicht mehr beunruhigen, wie sie es jetzt thun, und
die Jesuiten und Jansenisten würden ihre Ignoranz
betreffs ihrer Doctrin offen bekennen.

Die genannten Eigenschaften sind also nicht zum
Wesen gehörig, sondern nur beziehungsweise auf die
menschliche Gesellschaft vorhanden. Die Eigenliebe hat
die Gerechtigkeit erzeugt. In den Urzeiten zerrissen sich
die Menschen untereinander um Kleinigkeiten, wie sie es
auch noch heute thun, es gab weder eine Sicherheit
des Domicils, noch eine Sicherheit des Lebens. Die
unglücklichen Unterscheidungen zwischen Mein und Dein,

die man heutzutage nur zu sehr innehält, verscheuchten jede Einigkeit. Von der Vernunft erleuchtet, von der Eigenliebe getrieben, kam der Mensch endlich zu der Erkenntniß, daß die Gesellschaft ohne Ordnung nicht bestehen könne. Zwei mit seinem Wesen verknüpfte und ihm angeborene Triebe brachten ihn dahin, gerecht zu sein, und das Gewissen war nur eine Folge des Rechtsgefühls. Diese zwei Triebe, die ich meine, sind die Abneigung gegen jede Art von Unbehagen und dann der Drang nach Vergnügen.

Die Unruhe kann nur das Unbehagen gebären, und die Ruhe ist die Mutter des Vergnügens. Ich habe mir ein besonderes Studium daraus gemacht, das menschliche Herz zu ergründen: ich urtheile nur nach meinen Erfahrungen aus der Geschichte. Doch ich versenke mich zu weit in dieses Thema und könnte leicht wie Ikarus aus den Wolken fallen; ich erwarte Ihre Entscheidung mit Ungeduld und werde sie wie Orakelsprüche betrachten. Führen Sie mich auf den Weg der Wahrheit und nehmen Sie die Versicherung, daß, wie diese auch lauten möge, Eines unwiderleglich ist, nämlich der Wunsch, Ihnen einen Beweis zu liefern, wie sehr ich Ihre aufrichtige Freundin bin.

Wilhelmine.

In Berlin eilten die Dinge unaufhaltsam ihrem letzten Stadium, einem vollständigen Bruche zwischen Voltaire und dem Könige, entgegen. Zwei Naturen, wie Maupertuis und Voltaire konnten nicht lange in gutem Einvernehmen sich neben einander halten. Ersterer war ebenso eifersüchtig, als der Letztere. Der Friede, der bisher unter der Tafelrunde der Ritter des Geistes geherrscht hatte, war nur ein conventioneller, durch äußere Rücksichten gebotener. Schon Ende des Jahres 1751 schreibt Pöllnitz an die Markgräfin: »Unsere Schöngeister leben in einer scheinbaren Herzlichkeit, nur Herr von Maupertuis, der Keinen neben sich in der Gunst des Königs dulden kann, ist seit einem Vierteljahre in Berlin, die anderen verkehren mit einander per theurer Isak (so nannte Voltaire seinen Freund, den Marquis d'Argens, den Verfasser der Lettres juives), theurer Marquis, theurer Graf — aber ich glaube, daß sie sich trotz aller dieser Betheuerungen gegenseitig sehr leichten Kaufes los werden möchten«. In dem nun folgenden sehr unerquicklichen Streite erregt Voltaire Pein und Maupertuis Erbarmen. Wer an Weisheit von Beiden überlegen war, ist schwer zu sagen, wer an Geist, ist leicht zu rathen. Voltaire war hier der Stärkere, aber Maupertuis dennoch der Mächtigere; er war Präsident der Akademie der Wissenschaften, also durch ein großes Amt geschützt und hatte außerdem durch seine Frau, die spätere Oberhofmeisterin der Prinzessin Amalie, eine Stütze in der Berliner vornehmen Gesellschaft.

Der Streit begann folgendermaßen: Der Präsident der Berliner Akademie der Wissenschaften wollte ein

neues Naturgesetz gefunden haben: »Von der Anwendung der kleinsten Kraft (minimum) in den Wirkungen
der Körper.« Da trat ein Mathematik-Professor
Koenig aus dem Haag auf, ein alter Bekannter Voltaire's aus Cirey, den dieser zwar nie hatte leiden
mögen, aber jetzt sehr willkommen hieß; denn der
Professor bewies nun der gelehrten Welt, daß schon in
einem Briefe Leibniz's, von welchem er ein Fragment
in Abschrift mittheilte, von diesem Naturgesetze die Rede
sei, und zwar scheine sich der berühmte Philosoph dagegen zu erklären. Arger olympischer Zorn bei Maupertuis, heftiges Herumrücken seiner kleinen runden
Perrücke von rothen Haaren, man wollte ihm seine
Entdeckung streitig machen! Genug er ließ in öffentlicher
Sitzung der Akademie den Brief für falsch erklären.
Koenig trat gegen diese Verurtheilung mit einer glänzenden Vertheidigung vor das Publikum, indem er den
ganzen Brief mit zwei andern von Leibniz über diesen
Gegenstand mittheilte. Nun ließ es auch dem Dichter
keine Ruhe mehr, schon längst hatte die Feder in seiner
Hand gebrannt, er schrieb den Brief eines Berliner
Akademikers, in welchem er Maupertuis des Plagiats
beschuldigte und dessen Einwirkung auf die Akademie
als einen verderblichen Mißbrauch seiner Stellung hin-
stellte. Dieser Brief war so herausfordernd, daß auch
bald eine Antwort und zwar vom Könige selbst erfolgte;
eine energische Erklärung gegen »eine ehrlose Läster-
schrift«, eine Vertheidigung des Berliner Präsidenten.

8*

Beide Schriftstücke waren natürlich anonym erschienen,
aber ihre Verfasser kannten sich so gut; wir können
auch recht wohl begreifen, wie schmerzlich es für den
schriftstellerischen Meister sein mußte, mit den Waffen,
die er seinen Lehrling schmieden gelehrt hatte, sich nun
selbst angegriffen zu sehen. Jetzt war an kein Zurück-
gehen, an kein Stillstehen mehr zu denken, die Kampf-
lust entbrannte in ihm, er wollte den »applatiseur de
la terre« nicht mehr bekämpfen, nein, er wollte ihn
vernichten. Sprach's und setzte sich — die Feder tanzte
fieberhaft auf dem Papiere auf und ab, »Histoire
du docteur Akakia«, diese beißende Satyre auf die
wissenschaftlichen Schrullen Maupertuis' war fertig;
Maupertuis war gerichtet, denn er war lächerlich gemacht.

Friedrich hatte die Schrift im Manuscript gelesen,
sich über die Verspottung des Gelehrten belustigt, Voltaire jedoch ersucht, das Manuscript nicht zum Drucken
zu geben. Nichtsdestoweniger kam es denn doch unter
die Presse, und zwar mißbrauchte Voltaire zu diesem
Zwecke die Erlaubniß, welche ihm der König zum
Drucke einer anderen Schrift gegeben hatte. Die Exemplare wurden auf Befehl des Königs vernichtet. In
Berlin unterbrückt, tauchte das Buch in Dresden auf,
und hier durfte schon damals Alles, was einer Piquan-
terie gegen Preußen ähnlich sah, ungestraft durchgehen.
Jetzt konnte der König die öffentliche Verhöhnung des
Präsidenten seiner Akademie der Wissenschaften nicht

länger ungeahndet laffen; denn in Maupertuis war nicht mehr der Gelehrte, in ihm war das öffentliche Amt verhöhnt, und dieses verlangte eine Sühnung.

Es war am 24. December Nachmittags, am Vorabende des Christfestes, wo halb Berlin auf der Straße war. Neugierig umstand die Menge auf den Plätzen ein großes Feuer, welches vom Henker geschürt wurde; in daffelbe wurden Bücher geworfen. Voltaire faß von feiner Wohnung in der Taubenstraße aus dieses Autodafé, schickte, von einer Ahnung bewegt, feinen Secretair hinab, um fragen zu laffen, welches Buch man verbrenne. Die Antwort war: »Histoire du docteur Akakia«. Die Flammen, die auf der winterlichen Schneedecke nach und nach erloschen, loderten in der Brust des Dichters mit erneuter Macht auf. Was hatte er bisher nicht schon Alles erduldet, freilich meistentheils durch feine eigene Schuld, aber auch kaum mehr als ein Mann ertragen durfte! Die Flammen verbrannten nicht nur den Doktor Akakia, sondern den letzten geringen Rest deffen, was in dem Dichter an Zuneigung, Verehrung, Rücksicht und Dankbarkeit gegen den König noch vorhanden war. Voltaire fandte fein Pensions-patent, den Orden und Kammerherrnschlüffel an den König zurück; dieser jedoch ließ ihm Alles in den gnädigsten Ausdrücken wieder zurückgeben und überdies noch einladen, nach Potsdam zu kommen und dort feine Zimmer zu beziehen.

Unbegreiflich wäre es von Voltaire, unbegreiflicher noch vom Könige, wie Beide nach diesen Vorgängen noch an ein ferneres Zusammenleben denken konnten, wenn man dieselben eben nur als ephemere Persönlichkeiten und nicht als historische Erscheinungen auffaßte. Aber das war es, sie fühlten Beide gegenseitig ihre Jahrhunderts-Bedeutung, ihren Ursprung von ein und derselben Zeitenmutter, ihre innige Zusammengehörigkeit und ihren Weltberuf, das Jahrhundert auf seine Höhe über alle Jahrhunderte christlicher Zeitrechnung zu führen. Darum der geheimnißvolle magnetische Zug zwischen Beiden, dieses Sichnichtmissenkönnen, daraus das Streben, es doch von Neuem wieder zu versuchen, wenn sie auch noch so weit auseinander waren. Der Geist vereint die Menschen, der Character aber trennt sie. Würde jedoch Voltaire's Character, so wie er sich wirklich gezeigt hatte, zur Erscheinung gekommen sein, wenn dieser enthusiastische, verklärende, vergötternde Briefwechsel mit dem Könige nicht vorausgegangen wäre? Leute, die sich brieflich kennen gelernt haben, sollten das persönliche Begegnen vermeiden; die wirkliche Erscheinung wird stets hinter der illusorischen zurückbleiben, im Geiste sieht man nur Licht, die Person bringt die Schatten mit sich; schließlich ärgert man sich darüber, daß man sich getäuscht; aus dieser inneren Gereiztheit entstehen wieder äußere Verdrießlichkeiten, daraus entfremdende Verdächtigungen, gegenseitige Anklagen, Ungerechtigkeiten, innere Abneigung, bis denn

ähnlich dem Baste, der auch vor dem großen Riße un-
zählige kleine Spaltungen zeigt, die letzte Erschütterung
geschah, welche diese leuchtenden Sterne weit in ihrer
Bahn auseinander führte.

Friedrich und Voltaire trugen die Signatur ihrer
Zeit, des Jahrhunderts der glänzendsten Widersprüche,
wie sie vordem kein anderes aufzuweisen hatte. Friedrich
war ein Genie, Voltaire nur ein Talent, aber das
glänzendste; Friedrich erhob sich über die Widersprüche
seiner Zeit zu einer klaren, großen, einheitlichen Persönlichkeit, Voltaire blieb in denselben stecken und zeigte
darum so oft einen Doppelcharacter. In ihm lebte
ein sittliches, religiöses, hohes Ideal, aber anstatt dasselbe mit der Welt der Thatsachen in Einklang gekommen wäre, wie bei Friedrich, gerieth es mit derselben
stets in Conflict. Mit seinem Ziele wächst der Mensch;
mit den Schwierigkeiten dieses Zieles hebt sich die sitt-
liche Kraft. Friedrich hatte, um seine menschliche
Schwäche zu stärken, seinen Degen; Voltaire, um seine
Stärke zu schwächen, seine Feder, deren Macht so groß
und für ihn so leicht verführerisch war.

Wie kann man aber noch fragen, ob Voltaire ein
Dichter war, wenn man sein langes, im ewigen Kampfe
sich verzehrendes Leben betrachtet? Warum sollte er
keiner gewesen sein? Etwa weil er Ländereien und
Equipagen besaß und glückliche Geldspeculationen gemacht hatte? Er war mit demselben Anspruche ein
Dichter, wie es Homer, Dante, Shakespeare, wie es

Corneille und Göthe gewesen. Frankreich aber brauchte einen anderen Dichter als Griechenland in seiner Heroenzeit, das achtzehnte Jahrhundert eine andere Sprache, als die Milch der Sprache Homer's, oder den Feuerwein derjenigen Dante's, es brauchte Scheidewasser, um den blinden Aberglauben, die dünkelhafte Frömmelei, die falsche Abgötterei, die maßlose Intoleranz, die geistige Tyrannei der Zeit damit zu überschütten, und seiner Entrüstung, seinem Zorne, seinem Schmerze und seiner Verachtung Ausdruck zu geben. Je bitterer, vernichtender die Sprache Voltaire's ist, desto schärfer bezeichnet sie den weiten Abstand der äußeren Welt von der seines Ideals; je breiter diese Kluft, desto höher erscheint dieses Ideal, und wenn es eine Wahrheit ist, daß dieses dem Dichter den Weihekuß verleiht, so war Voltaire ein mit diesem Kuß Begnadigter. Freilich die höchste Weihe blieb ihm versagt. Er war der Bannerträger der Negation, er war ein glänzender, aber darum kein großer Dichter; denn das Genie ist immer positiv, und dazu fehlte Voltaire der Charakter und vor Allem die Treue.

Wir wollen den Ereignissen wieder folgen. Voltaire fühlte am Ende wohl selbst, daß es zwischen ihm und dem Könige doch nicht wieder zu den früheren innigen Beziehungen kommen würde, obgleich sie scheinbar völlig ausgesöhnt in gutem Einvernehmen auseinander gingen; er reiste am 26. März 1753 von Potsdam ab, um in die Bäder von Plombières zu gehen. In Frankfurt

follte ihn feine Nichte erwarten. Schon von Leipzig aus
bedrohte er nicht nur Maupertuis mit neuen Pas-
quillen, fondern fchrieb auch gegen den König Schmäh-
fchriften in den Zufäßen zu feinem Romane »Zadig«, in
»Les voyages de Scarmentado«; feine Feder war
nun einmal auch fein Dämon.

Nach einem Aufenthalte bei der geiftreichen Herzogin
von Sachfen-Gotha auf dem Friedenftein bei Gotha
und bei dem Laudgrafen von Heffen-Kaffel, kam er am
lezten Mai 1753 in Frankfurt a. M. an. Hier erfuhr
er denn eine Behandlung, die für den König ewig ein
Vorwurf geblieben wäre, wenn diefer fpäter nicht er-
klärt hätte, daß Alles, was außer der Abforderung
des Ordens, des Kammerherrnfchlüffels, feiner Briefe
und Gedichte gefchehen, wider feinen Befehl und Willen
erfolgt war. So war es auch.

Kriegsrath von Freytag, Refident des Königs in
Frankfurt a. M., hatte den Auftrag, dem Reifen-
den obige Gegenftände abzufordern. Ihm fchob auch
Voltaire fpäter alle Schuld zu, und fo groß war die
Bitterkeit, welche die Erinnerung an diefe Tage in ihm
erzeugte, daß er noch vier Jahre fpäter an den Marfchall
von Richelieu, der mit französischen Truppen auf dem
Wege nach Deutschland war, fchrieb: »Wenn Sie durch
Frankfurt kommen, bittet Sie Madame Denis fehr an-
gelegentlich, daß Sie gütigft ihr die vier Ohren von
zwei Schurken (nämlich Freytags und feines Gehilfen,
eines Hofraths Schmidt) zufenden möchten«. Außer

ben Poefien übergab ber einftlge Günftling Alles, was ihm abgeforbert wurbe. Am 17. Juni traf bas Ma- nufcript ber Gebichte bes Königs ein unb wurbe eben- falls an ben Bevollmächtigten ausgehänbigt. Da noch keine Orbre von Potsbam eingetroffen war, obwohl bie Sache felbft fchon erlebigt, ba Voltaire unterbeffen einen vereitelten Fluchtverfuch gemacht hatte, fo ließ biefer Freytag am 20. Juni Voltaire mit feiner Nichte ver- haften unb unter einer Escorte von Frankfurter Stabt- folbaten — man ftelle fich biefes Schaufpiel vor — öffentlich in eine Art von Gefängniß abführen. Der un- würbigften Behanblung preisgegeben, wurbe Mabame Denis bis zum 25. Juni, ihr Onkel aber bis zum 6. Juli in Verhaft gehalten, nachbem am 5ten Befehle bes Königs aus Potsbam eingetroffen waren, Herrn von Voltaire unverzüglich feiner Haft zu entlaffen.

Diefe empörenbe Rechtswibrigkeit, ausgeführt in falfchem Dienfteifer von einer fubalternen Natur, einem Manne, von bem Voltaire behauptete, er fei früher in Sachfen fchimpflich verurtheilt gewefen, obwohl es nicht benkbar ift, baß ber König einen folchen Mann an einen berartigen Vertrauenspoften geftellt hätte — biefe That war in einer gewiffen Stabt Frankfurt möglich, bie fich von jeher mit fo viel Behagen unb fo wenig Recht eine freie Reichsftabt nannte unb ftets fo große Furcht vor bem Mächtigen hatte, baß fie auch biesmal nicht wagte, einem folchen willkürlichen, aller Stabtfreiheit ·Hohn fprechenben Verfahren Einhalt zu thun. Welcher Schick-

falswechsel! Voltaire in der Hand von rohen ordinairen
Menschen, überliefert ihren Insulten und Gemeinheiten,
behandelt wie ein Verbrecher — und Voltaire, der Ab-
gott der Pariser und aller Großen, der Freund des
Königs, der in Berlin so lang Ersehnte und sein sonnen-
leuchtendes Erscheinen bei jenem Carroussel! Warum
der König ihm die Gegenstände nicht gleich bei seiner
Abreise von Potsdam hatte abfordern lassen? Voltaire's
Absichten traten durch seine Haltung und sein Benehmen
erst klar während des Aufenthaltes in Leipzig zu Tage;
daraus gewann dann der König die Ueberzeugung, daß
jener von seinen Poesien, welche satyrische Ausfälle gegen
fremde Höfe, namentlich gegen einflußreiche Persönlichkeiten und das Treiben am Hofe von Versailles enthiel-
ten, einen schlimmen Gebrauch machen würde, und die
That rechtfertigte diese Befürchtung. Die meisten und
hartnäckigsten Feinde in Versailles erwuchsen dem Könige
theils aus seinen Versen, theils aus seinen mündlichen,
scharfen Aeußerungen über die Personen, welche damals
Frankreichs Geschicke leiteten; Friedrich der Große konnte
Schlachten gewinnen, aber niemals eine beißende Bemerkung zurückhalten. Noch von Berlin und Potsdam aus war Voltaire's Hauptaugenmerk sehnsüchtig
nach Versailles gerichtet. Was er in Preußen nicht
erreichen konnte, zu einer diplomatischen oder staatsmännischen Stellung zu gelangen, das hoffte er noch
immer von seinem Vaterlande und darum suchte er dort,
wo das Vertrauen auf ihn bedeutend gesunken war,

sich wieder in Gunst zu setzen, darum beging er Dinge, welche in Sanssouci ihn um jedes Vertrauen brachten, und ihm doch in Versailles darum kein neues erwarben. Friedrich hatte ihn schon durchschaut, während er mit ihm anscheinend noch auf dem besten Fuße stand. Als Voltaire nach einer längeren Abwesenheit von Sanssouci seine Zimmer dort wieder bezog, fand er die Wände gelb, mit der Farbe der Mißgunst, lackirt, und die Mö- beln mit Tapisserien bezogen, auf denen die Fabeln vom Fuchse dargestellt waren. Von dieser Zeit fing auch die reservirte Haltung des Königs an.

Als Voltaire nach Preußen kam, um hier mit dem königlichen Philosophen in täglichem und vertrautestem Umgange zu leben, da ging durch die ganze gebildete Welt ein Staunen und stilles Freuen; denn bisher war ein solches Verhältniß nur sich selber Beispiel gewesen. Für das erwachte deutsche Bildungsbedürfniß zogen helle Sterne herauf, schöne Hoffnungen, nicht etwa, daß Voltaire der Leitstern des deutschen Geistes sein könnte, wohl aber, daß solch Beispiel eines großen Königs in den Einzelnen Eifer und Streben erregen möchte, aus der geistigen Verwahrlosung herauszutreten und sich ideellen Interessen hinzugeben. Das Wort des spä- teren Dichters:

»Drum soll der Sänger mit dem König gehen;
Sie beide wohnen auf der Menschheit Höhen.«

schien hier zu schönster Erfüllung gediehen zu sein, wenn eben diese Höhen nicht ihre großen Gefahren hätten.

Die meisten Dichter, die wir in solchen Verhältnissen
sahen, waren ikarische Naturen, ihre Phantasie hob sie
zur Sonne, aber sie verloren den materiellen Schwer-
punkt und fielen herab; nur Göthe-Apollo vermochte
sich auf der rechten Bahn zu halten. Bei Voltaire kam
aber noch etwas Anderes hinzu, bei ihm rächte sich der
innere Widerspruch, sich im Glanze des Hofes, Staates
und der königlichen Autorität zu sonnen, während seine
ganze Thätigkeit doch rastlos auf deren Sturz hin-
arbeitete.

Frankfurter Stadtsoldaten waren das Ende —
ein recht klägliches Ende und eine ungeheure Ironie,
wenn nicht ein so schmerzlicher Ernst darin läge. Denn
die Frankfurter Katastrophe war es, die den Keil des
Grolles in das Herz des Dichters trieb und jene Inconsequenzen, Widersprüche, Unwürdigkeiten und treulosen
Handlungen herbeiführte, die wir später an Voltaire
gegen seinen einstigen, königlichen Freund zu beklagen
haben.

Madame Denis hatte sich schon am 11. Juni persönlich an den König gewandt, und um Losgabe ihres
Onkels gebeten; Voltaire hatte ebenfalls an den Abbé
de Prades geschrieben — keine Antwort war erfolgt.
Was sollte das bedeuten? Die Verkehrsmittel waren
damals äußerst mangelhaft und wenn man schon, um
von Potsdam nach Frankfurt a. M. zu gelangen, vier
bis fünf Tage brauchte, so wurde diese Zeitfrist durch
die Reise des Königs nach Preußen noch um das

Doppelte verlängert. Die am 20. Juni erfolgte förmliche Verhaftung trieb dem so leicht erregbaren Dichter vollends das Blut zum Kopfe. Durch die Hände der Markgräfin war schon früher gegen das Ende 1752, nach dem Erscheinen des Akakia, ein Brief an den König, eine Vertheidigung, ein letzter Versuch zur Wiedergewinnung der königlichen Gunst gegangen. Wo bot sich eine einflußreichere und hilfeversprechendere Vermittlung? Voltaire wollte sich nur an die Markgräfin wenden; denn wie konnte er wissen, ob der König überhaupt einen Brief von ihm noch annehmen würde! Bei seiner Nichte hingegen war das ein ander Ding; die konnte direkt an den Monarchen schreiben; sie war eine Dame, sie war Französin und zwischen ihr und dem Könige lag keine Vergangenheit. Ihr Brief an den König ist vom 21. Juni datirt, und mag der Schreiberin viele Ueberwindung gekostet haben. Sie haßte den König, angeblich weil er ihren Onkel vor Aerger würde sterben lassen, in Wahrheit aber, weil sie so allein in Paris leben mußte, fern von ihrem Onkel, dessen Triumphe sie mit zu genießen gewohnt war. Das Schriftstück unterscheidet sich von dem ihres Onkels an die Markgräfin nur durch die Form, der Inhalt ist so ziemlich derselbe, auch in den Uebertreibungen; so ist von zwölf Soldaten die Rede, während nur zwei die Wache versahen; ebensowenig dachte der Dichter daran, von Frankfurt aus mit seiner Nichte die Reise nach Baireuth zu machen. Dieser Brief ist

noch am Abend der Verhaftung geschrieben und von
Varnhagen in dessen Aufsatze »Voltaire in Frankfurt
a. M.« mitgetheilt.

Von Voltaire.

Madame!

Möge das Mitleid Ew. Königlichen Hoheit rege
werden und Ihre Gnade uns schützend entgegenkommen!
Meine Nichte, Madame Denis, welche nach Frankfurt
gekommen war, um mich zu trösten, in deren Absicht
es lag, die Reise zu Ihnen zu unternehmen, um vereint
mit mir zu Ihren Füßen Ihre Vermittlung anzuflehen,
eine Frau, die in Paris allgemeine Achtung und Verehrung genießt, ist durch einen Untergebenen des Herrn
v. Freytag, Residenten Seiner Majestät Ihres Königlichen Bruders, so eben in Verhaft genommen worden.
Dieser Mensch hat sie im Namen des Königs mitten
unter dem Zulauf der Bevölkerung in dasselbe Haus
abführen lassen, wohin man mich gebracht hat; man
hat ihre Kammerfrau und ihre Diener ihr genommen,
vier Soldaten sind vor ihrer Thüre postirt, und der
Mensch verbringt die Nacht in ihrem Zimmer — das
ist die Absicht.

Als mich Herr v. Freytag am 1. Juni im Namen
des Königs festhielt, übergab ich ihm alle Briefe, welche
ich von Seiner Majestät in Händen hatte. Er forderte
noch den Band mit den Poesien des Königs von mir;

derſelbe war in einer Kiſte, welche von Leipzig nach
Hamburg gehen ſollte. Herr v. Freytag unterzeichnete
zwei Zettel mit folgendem Wortlaut:

Sobald die große Kiſte mit dem poetiſchen Werke,
welches im Auftrage des Königs mir übergeben werden ſoll, zurück iſt, können Sie abreiſen, wohin es
Ihnen beliebt.

Das fragliche Buch kam den 17. Juni Abends an,
ich wollte am 20ſten abreiſen, nachdem ich alle meine
Verpflichtungen erfüllt hatte. Man hat mich, meinen
Secretair und meine Nichte arretirt. Wir haben vor
unſern Thüren zwölf Soldaten. In dem Augenblicke,
wo ich dieſes ſchreibe, liegt meine Nichte in Krämpfen.
Wir wiſſen ſicher, daß der König ſolche entſetzliche
Gewaltthätigkeit niemals gutheißen wird.

Haben Sie die Gnade, Madame, ihm dieſen Brief
zu ſenden, und wollen Sie ihm die Verſicherung geben,
daß ich trotz einer ſo unerhörten Behandlung mit der-
ſelben Verehrung und mit gleicher Anhänglichkeit an
ſeine Perſon bis zum letzten Athemzuge verharren würde.
Ich bitte ihn nochmals für meine Vergehen inſtändigſt
um Verzeihung. Immer noch hatte ich geglaubt, er
würde mir die Gnade gewähren und mich eine Vertheidigung gegen Maupertuis verſuchen laſſen. Wenn es
ihm jedoch unangenehm iſt, ſo will ich auch nicht mehr
davon ſprechen. Nochmals, Madame, wiederhole ich
es, mein Herz hat niemals aufgehört, für den König

zu schlagen und wird es auch nimmermehr.   Für Eure
Königliche Hoheit wird es stets von den zartesten Ge-
fühlen der Verehrung erfüllt sein.

Bruder **Voltaire** — leider nur einstmals!

Frankfurt, den 20. Juni 10 Uhr Abends.

In sieben Tagen endlich gelangte die Sendung von
Frankfurt nach Baireuth, denn die Taxis'sche Post
schonte ihre Rosinanten.   Am 29. Juni geht, wie
wir vermuthen, aus jenem kleinen verborgenen Studir-
und Schreibekabinete in Eremitage ein Brief an den
König ab, in welchem sich folgende Stellen finden: »So
eben habe ich von Voltaire und Madame Denis ein
ganzes Packet erhalten, welches ich so frei bin, Dir
zu senden.   Es ist mir nicht lieb, daß sie sich gerade
an mich wenden, aber in der Furcht, ich möchte
in diese schlimme Geschichte verwickelt werden, schicke
ich Dir, liebster Bruder, Alles, was ich von ihnen
erhalten habe. — Hat Voltaire irgend mündlich oder
schriftlich den Dir gebührenden Respect verletzt, so steht
er in meinen Augen als der unwürdigste und elendeste
Mensch da.   Ein solches Betragen kann ihm nur die
Verachtung aller ehrenwerthen Menschen zuziehen.
Sein Alter, seine Schwäche und sein durch diese Katastrophe beschädigter guter Ruf flößen mir jedoch Mit-
leiden mit ihm ein.   Wenn ein Mensch zur Verzweiflung gebracht wird, ist er zu Allem fähig.   Nach Deiner
Meinung, liebster Bruder, habe ich vielleicht zu Gunsten

seines Geistes noch zu viel Wohlwollen für ihn, aber in Deinem Herzen wirst Du mein Mitleid mir nicht übel deuten. Selbst der Schuldige hat darauf ein Recht, sobald er unglücklich ist.«

Ja wohl hatte die Freundin Mitleid mit ihm, mehr als sie vielleicht dem Bruder gestehen wollte. Sie konnte die Fehler Voltaire's nicht leugnen, sie konnte sie aber begreifen.

Dem Könige wäre es sehr lieb gewesen, wenn Voltaire anstatt nach Gotha und Frankfurt, nach Baireuth gegangen wäre. Dann hätte er dorthin Jemand geschickt, um die Gegenstände zurückfordern zu lassen. Wie peinlich wäre dies für die Markgräfin gewesen! Wir ergründen vollkommen ihr Gefühl und pflichten ihr von ganzem Herzen bei, wenn sie Dem hatte entgehen und Voltaire verhindern wollen, mit seiner Nichte nach Baireuth zu kommen.

Durch die folgenden, kurz nach Voltaire's Weggang geschriebenen Zeilen an ihren Bruder erkennt man, wie schmerzlich der Bruch zwischen Beiden für ihr Empfinden ist und wie sie bemüht war, mit ihrer weichen, weißen Hand die Zorneswange des Königs zu streicheln. »Die Briefe, welche er hierher geschickt hat, welche ohne irgend einen Argwohn oder eine Absicht geschrieben sind, und die man mir nur auf inständiges Bitten gezeigt hat, sind in Bezug auf Dich voll der höchsten Anerkennung. Er nennt Dich mit Recht einen großen Mann und beklagt sich nur über die Bevor-

zugung, die Du Maupertuis hast zu Theil werden
und darüber, daß Du Dich gegen ihn hast einnehmen
lassen. Maupertuis übergießt er mit der schärfsten
Lauge seines Spottes, und ich gestehe lieber Bruder,
als ich es las, konnte ich mich des Lachens nicht enthalten; denn es war so komisch geschrieben, daß man
unmöglich ernsthaft bleiben konnte.«

Am 7. Juli antwortet der König seiner Schwester,
daß er schon vor 14 Tagen Befehl habe ergehen lassen,
Voltaire und seine Nichte der Haft zu entlassen. Für
die Lage und Gemüthsstimmung, in welcher der Dichter
sich befand, wäre nur der elektrische Strom das ent-
sprechende Verkehrsmittel gewesen, nicht aber die deutsche
Reichspost, die auf Schneckenfüßen ging. Die Ordre
des Königs, bezüglich seiner Freilassung, ließ noch
immer auf sich warten, das heißt, sie war schon in den
Händen des Kriegsraths, allein dieser in ängstlichen
Skrupeln befangene Mann glaubte noch eine Antwort
auf einen inzwischen an den König abgegangenen Bericht
erwarten zu müssen; denn der Formula mußte genügt
werden, selbst wenn diese einem Gefangenen noch einige
Tage Freiheit kosten sollte. In seiner Verzweiflung
gewann es endlich Voltaire über sich, persönlich sich an
den König zu wenden, wenn auch schon durch Vermittlung der Freundin. Von welchem Datum diese Bitt-
schrift, wissen wir nicht, wahrscheinlich von demselben,
wie das Begleitbillet an die Markgräfin. Der wieder-
holte Befehl des Königs vom 9. Juli an Freytag, den

9*

Verhafteten frei zu geben, erfolgte jedoch nicht auf
einen Brief Voltaire's an de Prades hin, wie Varnhagen angiebt, sondern auf die unmittelbare Bitte des
Dichters an den König. Das folgende Billet kann uns
Gewähr dafür sein.

Von Voltaire.

Frankfurt, den 29. Juni 1753.

Ich nehme mir die Freiheit, Eure Königliche Hoheit
inständigst zu bitten, beiliegendes Bittgesuch gnädigst
in die Hände Seiner Majestät gelangen zu lassen. Unsere einzige Hoffnung beruht auf Ihrer Fürsprache.
Der fürchterliche Zustand, in dem ich mich befinde,
mag meine Entschuldigung sein, daß ich nur diese wenigen Zeilen schreiben kann; sie sind mit meinen Thränen
getränkt. Ich werfe mich Ihnen zu Füßen.

V.

Am 7. Juli endlich konnte Voltaire von Frankfurt
abreisen, über Mainz, Worms nach Mannheim und dem
Lustschlosse Schwetzingen, wo ihn der Kurfürst Karl
Theodor von der Pfalz mit Ehren überhäufte. Es war
derselbe heitere, sinnliche, den Lehren Voltaire's damals
sehr ergebene Karl Theodor, der später, als die Gräuel
der Revolution hereinbrachen, mit Schauder auf diese
Periode zurückblickte und sein reuiges Haupt an der
Brust seines allmächtigen Beichtvaters, des Pater Frank

vergrub. Von Schwetzingen ging es nach Rastatt und
Kehl; in Straßburg wurde Halt gemacht. Der Gedanke
an eine Rückkehr nach Potsdam keimte wieder in Voltaire auf. Jetzt vielleicht in der Unsicherheit des Hin-
und Herwanderns mochte er einsehen, daß er dort wirklich eine Heimath gehabt hatte, eine Freistätte seiner
Gedanken, eine ehrenvolle Stellung an einem glänzenden Hofe, einen bewundernden Freund, der auf der
höchsten Stufe freier, geistiger Anschauung stand, und
in dem Freunde einen großen König, den er wiederum
bewundern konnte. In Potsdam gab es keine fanatische Geistlichkeit; dort war er nicht gezwungen, wie in
Colmar, zu Ostern einen Kapuziner kommen zu lassen
und zu beichten, um seine Staatsgefährlichkeit zu wider-
legen. Wo bot sich ihm wieder ein solches Asyl? Vielleicht in Frankreich? O nein, dort war sein Aufenthalt
für die Dauer nicht möglich, das hatte man ihm von
Paris aus zu verstehen gegeben. Vielleicht war noch
eine Aussöhnung, eine Rückkehr möglich. Wenn Jemand ihm dieselbe zu Friedrich dem Großen bah-
nen konnte, so war es die Markgräfin. Jetzt wären
die Kolbenschläge der Grenadiere und die Wirbel der
Tambours für ihn die Musik der Sphären.

Von Voltaire.

Madame!

Ich würde mich vor Eurer Königlichen Hoheit einer
Schuld anklagen und meine liebsten Empfindungen
verleugnen, wenn ich Ihnen in ·dem gegenwärtigen
Augenblicke nicht schriebe. Mit großem Erstaunen,
aber mit um so größerer Dankbarkeit vernehme ich eben
von der Fran Herzogin von Gotha, daß sie Herrn von
Gotter beauftragt hat, mit Ihrem Bruder dem Könige
wegen meiner zu sprechen und auch Ihren Schutz zu
meinen Gunsten bei Sr. Majestät anzurufen. Eure
Königliche Hoheit wissen recht gut, daß ich außer
Ihrer Fürsprache weder jemals eine andere nöthig
noch gewollt hatte. Ohne die verdrießlichen Zwischen-
fälle und die unglückselige Reise meiner Nichte wäre ich
von Leipzig nach Baireuth gekommen, um mich Eurer
Königlichen Hoheit zu Füßen zu legen. Das Unglück
ist nun einmal geschehen. Ist es denn aber gar nicht
mehr wieder gut zu machen? Wird die Philosophie
des Königs, Ihre Humanität, werden Ihre Rathschläge
und Ihre Bitten denn Nichts ausrichten können? Wer
wird dem großen Manne die Wahrheit sagen, wenn
Sie es nicht thun, Madame? Ich habe es dem König
mündlich, ich habe es ihm schriftlich gesagt, und ich
werde mein ganzes Leben daran festhalten, daß mein
Betragen ein Unrecht war. Aber ich bitte Sie, Madame, ist es denn auch eine so große Staatsangelegen-

heit? Nein, es ist Nichts als eine literarische Kinderei,
ein algebraischer Streit, ein Minimum, und darum
wurde ich in Frankfurt sechs Wochen gefangen gehalten,
darum habe ich die ganze Saison verloren, den Gebrauch der Bäder gegen ein hartnäckiges Leiden, darum
mußte meine Nichte von Soldaten durch die Straßen
von Frankfurt geschleppt werden, und darum durfte
ein Nichtswürdiger, der über Nacht allein mit ihr war,
und ihre Dienerschaft entfernt hatte, es versuchen, sie
zu beschimpfen. Diese Gewaltthätigkeiten wurden von
einem gewissen Freytag ausgeübt, welcher sich als Gesandter des Königs gerirt. Ohne Zweifel weiß der
König nicht, daß dieser Mensch früher in Dresden in
Stock und Eisen stand und die Karre ziehen mußte.
Das Alles weiß man an allen Höfen sehr wohl, vielleicht aber sind Seine Majestät der Einzige, der es
nicht weiß.

Und in welchem Zustande, Madame, befinde ich
mich? Ich bin alt und gebrechlich. Ich habe dem
Könige die letzten Jahre meines Lebens geopfert, ich
habe drei Jahre lang nur für ihn gelebt, alle Zeit war
zwischen ihm und der Arbeit getheilt, für ihn habe ich
Alles aufgegeben, und das weiß er auch. Und sollte
er denn darum nicht einen unglückseligen literarischen
Streit vergessen können? Ich muß Ihnen die Wahrheit sagen, Madame, denn Eure Königliche Hoheit sind
werth, sie zu hören.

Das ganze Unglück kommt von dem Briefe, welchen Ihr königlicher Bruder gegen König und gegen mich drucken ließ, in einer Zeit, wo er von dem Gegenstande des Streites nicht genau unterrichtet war. Ich sage das nicht, um mich von aller Schuld rein zu waschen, ich gestehe ja, daß es sehr unrecht von mir war, daß ich nicht schweigen konnte und mich widersetzt habe. Aber funfzehn Jahre zärtlichster Anhänglichkeit müßten doch im Stande sein, um für einen Augenblick muthwilliger Laune Verzeihung zu erhalten. Eure Königliche Hoheit sollen darüber entscheiden, indem ich Sie frage, ob es für einen so großen Mann nicht ebenfalls ruhmvoll ist, einen Fehler zu vergessen und sich geleisteter Dienste zu erinnern?

Sollen denn für die Nachwelt die ganze denkwürdige Correspondenz zwischen mir und dem Könige, und die grenzenlose Verehrung, welche ich ihm stets an den Tag gelegt habe, darum aufbehalten werden, damit diese sagen könne: Dies Alles hat mit dem Kerker und mit der Beleidigung eines unschuldigen Weibes geendet? Ah, Madame, besteht denn der Ruhm allein darin, eine gute Armee zu haben? Ihr königlicher Bruder liebt den Ruhm, das heißt den wahrhaften, und er verdient ihn auch. Er liebt Sie und er muß Ihnen glauben. Madame, zeigen Sie jetzt die Größe Ihrer Seele und versuchen Sie es, sein Herz zu rühren, thun Sie Alles, was Ihnen zweckdienlich erscheint, ich

lege mein Schicksal ganz in Jhre verehrungswürdigen
Hände. Jch spreche Eurer Königlichen Hoheit nicht von
dem, was man darüber in Versailles, in Wien, in
Paris und in London sagt. Der König muß allein
Jhr Herz hören und an dieses nur sollen Sie sich wenden und Sie rühren es gewiß; denn Sie verstehen dieses
Herz. Das meinige wird auf ewig von dem tiefsten
und zärtlichsten Respect für Eure Königliche Hoheit
durchdrungen sein. Erlauben Sie wohl, daß ich auch
Seiner Durchlaucht dem Markgrafen meine Huldigung
zu Füßen lege?

Vordem Bruder Voltaire.

Jst das nicht ein höchst merkwürdiger Brief? Nach
einer Mittheilung des Marquis d'Argens an d'Alembert schien die Markgräfin beim Könige wirklich Schritte
gethan zu haben. Wie konnte sie auch anders nach
einem solchen bezaubernden Sündenbekenntnisse! Auch
die geistvolle und großherzige Herzogin von Sachsen-
Gotha durch den Grafen Gotter, den liebenswürdigen
Epikuräer, den der König gern leiden mochte und der
in der Nähe von Gotha in Molsdorf wohnte, hatte
Aehnliches bei Friedrich II. versucht, dieser jedoch blieb
unerschütterlich. Voltaire war und blieb für ihn
»Vordem Bruder Voltaire«.

»Was Dich, liebe Schwester, betrifft«, hatte
Friedrich seiner Schwester am 12. April (1753) geschrie-

ben, »so rathe ich Dir, ihm nicht eigenhändig zu schreiben, ich habe dabei schlimme Erfahrungen gemacht.«
Diese Warnung, welche der Schwester vielleicht ein Befehl war, ist wohl die Ursache, daß sich von der Markgräfin bis zum Jahre 1757 unmittelbar keine Briefe
vorfinden; mittelbar mag wohl der Verkehr durch b'Ab-
hémar und den Marquis von Montperny unterhalten
worden sein, es ist sogar sehr wahrscheinlich. Jedenfalls war die Markgräfin vorsichtiger geworden, eine
Entfremdung jedoch zwischen Voltaire und ihr nicht
eingetreten. Sie war die Hand, die den spärlichen
Verkehr zwischen ihm und dem Könige unterhielt und
wie wir aus einem späteren Briefe sehen, auch wieder
vermittelte, er schrieb ihr Verbindlichkeiten, schickte ihr
seine Bücher, so jetzt »Annales de l'Empire«, »welche
die Frau Herzogin von Sachsen-Gotha bestellt hatte,
wie man kleine Pasteten zu bestellen pflegt.« In Gotha
hatte sich die hohe Auftraggeberin beim Dichter beklagt,
daß sie keine Geschichte ihres Vaterlandes, b. h. keine
deutsche Geschichte lesen könne, was wir der Frau Herzogin gar nicht verdenken können, sie verlangte Geist
und in den damaligen Geschichtsbüchern war nur ge-
lehrter Wust. Voltaire, immer verbindlich, namentlich
gegen Fürstinnen, setzte sich in die große Bibliothek des
Friedensteins zu Gotha und begann das Buch, welches
auch die Veranlassung war, daß er noch im Jahre 1753
auch Colmar übersiedelte und zwar wegen der Hülfe,

bie er in bem bortigen Abvolaten Dupont, bem gründlichsten Kenner des beutschen Reichs-Staatsrechtes, für seine neueste Arbeit fanb. Dieselbe war so rüstig vorwärts geschritten, baß ber Verfasser bereits Anfangs 1754 gebruckte Exemplare an bie Freunbin nach Baireuth überfenben konnte.

Von Voltaire.

Mabame!

Ich lege biese neue Hulbigung zu ben Füßen Eurer Königlichen Hoheit nieber unb bitte Sie, bieselbe gnäbigst anzunehmen. Bruber Voltaire ist immer berselbe, er hat nur seine Zelle vertauscht, aber Nichts in seiner Empfinbung für Eure Königliche Hoheit geänbert unb vielleicht wirb auch eines Tages ber so berühmte unb so verehrungswürbige Vater Prior zur Einsicht gelangen, baß sein Mönch sich niemals gegen ihn vergangen hat unb ihm seine Zuneigung bis zum Tobe bewahren wirb.

Ich bitte Eure Königliche Hoheit unterthänigst um bie Erlaubniß, burch Ihre Hänbe, welche Alles, was sie berühren, gewissermaßen auch weihen, bieses bescheibene Werk Dem überreichen zu bürfen, welcher stets ber Gegenstanb meines Denkens unb meines Schreibens war, unb Der, wie auch Sie, Mabame, ber beste Richter ist.

Zeit meines Lebens bin ich mit tiefstem Respecte und unveränderlicher Anhänglichkeit, Madame, Eurer Königlichen Hoheit

unterthänigster und gehorsamster Diener
Voltaire.

P.S. Erlauben Sie vielleicht gnädigst, daß ich diesem Packete zwei Exemplare für Herrn von Abhemar und Herrn von Montperny beilege?

Getreulich hatte die Markgräfin den Auftrag erfüllt. Unter dem 10. März (1754) antwortet ihr der König: »Sehr überrascht war ich, von Voltaire ein Buch mit einem großen Briefe zu erhalten; ich will durch den Abbé (de Prades) darauf antworten lassen und zwar so, daß ich mir Nichts vergebe.«

Zehn Monate waren vergangen, als am 23. October 1754 dem Einsiedler von Colmar eine Botschaft zuging, die ihn eben so sehr überrascht als erfreut haben mag. Schwester Wilhelmine ließ Bruder Voltaire ihre Ankunft in Colmar anzeigen und ihn um seinen Besuch bitten.

Die Kränklichkeit der Markgräfin war auf besorgnißerregende Weise im Zunehmen, und ein milderes Klima, Südfrankreich und Italien dringend nöthig; sie war auf der Reise dahin und wünschte den Freund zu sehen. Diese Botschaft glich einer Rose, die einem zwischen vier Mauern Vereinsamten plötzlich zu Füßen niederfällt.

Er kam: »Das Wiederſehen war ſehr rührend.«
Er blieb zum Souper; er war im Ganzen volle acht
Stunden mit der Freundin zuſammen und in dem Ver⸗
kehr mit ihr um ſo unabhängiger, als der Markgraf
erſt des andern Tages nachkam; in dieſer Zeit knüpf⸗
ten ſich die Bande des Freundſchafts⸗Verhältniſſes,
wenn ſie etwas gelockert waren, neu und feſter. Wir
glauben es zur Ehre des Dichters, daß er bei dem Wie⸗
derſehen nicht ohne Rührung geblieben war. Wie Vieles
hatten ſich Beide zu ſagen! Es lag ſo reicher Stoff vor,
und das allen Groll entfeſſelnde und verſöhnende Men⸗
ſchenwort mag hier ſeine wohlthätige Macht geübt haben.
Hier mag Voltaire erfahren haben, daß die Vorgänge
in Frankfurt wider den Befehl und Willen des Königs
erfolgt waren. Die Hand der Markgräfin träufelte
Balſam in die noch friſchen Wunden, ſie war bemüht,
alles Ueble, was dem Freunde im Namen des Königs
widerfahren war, gut zu machen und allen Groll gegen
den geliebten Bruder aus ſeinem Herzen zu verbannen,
durch ihre bezwingende Huld und Güte, und jene ver⸗
ſöhnende Macht, welche die Natur dem Herzen des
Weibes verliehen hat. Auch ein koſtbares Geſchenk
hatte ſie ihm mitgebracht und zuletzt wünſchte ſie Ma⸗
dame Denis zu ſehen. Sie kam auch des andern Mor⸗
gens, die kleine graziöſe Madame Denis, die den König
ſo ſehr haßte und die Schweſter nur um ſo lieber gewin⸗
nen mußte. Die Erinnerung an vergangene Zeiten,
an Rheinsberg und Eremitage und Sansſouci wurde

wachgerufen, über die Substanzen des Cartesius und über Locke's »Essay« disputirt, und dazwischen über »La pucelle« gelacht. »Alles das erschien mir wie ein Traum«! ruft der Dichter, dem das Herz von dem Genusse dieser Stunden überging, in einem Briefe aus. »Kommen wir darin überein, daß die Frauen mehr werth sind, als die Männer.« In Lyon trafen sie wieder zusammen. Hier hatte die Markgräfin einen längeren Aufenthalt genommen, sah sehr häufig den Cardinal Tencin, verkehrte mit den Jesuiten, so daß eines Tages die Schreckensnachricht nach Berlin gelangte: Die markgräflichen Herrschaften sind katholisch geworden! Voltaire beeilte sich, dem Carbinal Tencin, Erzbischof von Lyon, seine Aufwartung zu machen. Im Gala-kleide, gestützt auf den Arm seines Secretairs Colini, durchschritt er die lange Reihe der Gemächer und trat gemeldet, allein in das Empfangszimmer des Carbinals, aber schon nach einigen Minuten kehrte er zurück, auf's Tiefste verletzt von dem Empfange Tencin's, der ihm gleich mit den Worten entgegenkam, daß er ihn nicht zum Diner laden könne, weil er am Hofe so schlecht angeschrieben sei. Für dieses wenig taktvolle und brüske Entgegenkommen entschädigten ihn der Enthusiasmus des Publikums und die Liebenswürdigkeit der Markgräfin. Voltaire hatte nämlich Colmar für immer verlassen, er gedachte sich in der Nähe dieser Stadt für den Rest seines Lebens einen festen Wohnsitz zu gründen, allein seine alten hartnäckigen Feinde, die Jesuiten,

die schon den Bahle, d. h. deffen Dictionnaire, in dieser
Stadt öffentlich verbrannt hatten, suchten ihm auf jede
Weise den Aufenthalt zu verleiden; sie waren unversöhn-
lich. Der Beichtvater des Königs Stanislaus, P. Menou,
war dabei sehr thätig, er hatte den Streich, welchen Voltaire
und Madame du Chatelet ihm mit Madame de Boufflers
gespielt, nicht wieder vergessen können. »Lieber Freund,«
hatte Voltaire zu seinem Secretair nach der kurzen Au-
dienz bei Tencin geäußert, »dieses Land taugt nicht für
mich.« So wurde der sechszigjährige, kränkliche und
gebrechliche Mann abermals genöthigt, den Wanderstab
zu ergreifen, um im Schooße der freien Schweiz ein
Vaterland zu suchen.

Zuerst erwarb er Monrion, ein Haus, welches auf
einem Weinberge zwischen Lausanne und dem Genfersee
lag, er bewohnte es aber nur kurze Zeit, weil dort so
ziemlich alle Bequemlichkeiten fehlten, die für ihn und
seine Nichte, eine verwöhnte Pariserin, nothwendig
waren. Er, den die ganze Welt für einen Geizhals
ausgeschrieen hatte, richtete sich nun auf großem Fuße
ein. Sein jährliches Einkommen betrug schon damals
über 100,000 Fr., glückliche Finanzoperationen hatten
es gebracht, nicht seine Bücher. Mit diesen, d. h. seinen
Manuscripten hatte er viel Unglück. Er war der sorg-
fältigste und ängstlichste Arbeiter; treu dem horazischen
Grundsatze verwahrte er seine Arbeiten jahrelang in
seinem Pulte, ehe er sie reif für die Oeffentlichkeit hielt,
und manche Werke von ihm wären zu seinen Lebzeiten

vielleicht gar nicht erschienen, wenn er meistentheils
nicht zur Herausgabe gezwungen worden wäre und zwar
durch Ausgaben, welche nach Manuscripten gedruckt
waren, die er früher an fürstliche Personen oder Freunde
gegeben. Sein Jammern und Wehklagen über solch'
grausamen Diebstahl erfüllte dann alle Lüfte und mit
tausend Seufzern schickte er zuletzt sein Manuscript in
die Druckerei. So war es ihm in dieser Zeit mit »La
pucelle« gegangen, so ging es ihm mit dem Gedichte,
von welchem unter dem falschen Titel »Sur la religion
naturelle« ein Abdruck erschienen war. Er hatte es
vor drei Jahren, wie er ganz richtig schreibt, nicht vor
fünf, wie eine Note der Beuchotschen Ausgabe unrichtig
verbessert, »für den König von Preußen nur so hinge-
worfen« und der Markgräfin eine Abschrift gesandt.
Das alte Unglück. In Paris war mittlerweile ein
sehr fehlerhafter Abdruck erschienen. Das Manuscript
dazu konnte nur von der Markgräfin gekommen sein,
Voltaire spricht es sogar gegen seine Freunde aus, »daß
sie Abschriften gegeben hat«. Aber es ihr gerade so
zu sagen, wäre doch eine Unhöflichkeit gewesen, er
schob daher eine fabelhafte Prinzessin von Passau-
Saarbrück vor, die es nie gegeben hatte; es existirte
wohl eine von Nassau-Saarbrück, eine geborne Gräfin
von Erbach, aber auch mit dieser stand er nicht in Verkehr, wenigstens ist nirgends eine Spur zu finden.
Möglich auch, daß die Markgräfin dieser Prinzessin
wirklich eine Abschrift des Gedichtes gegeben hatte.

Von Wichtigkeit ist der folgende Brief darum, weil er vielleicht dazu beitragen möchte, die literarische Streitfrage in's Reine zu bringen: Wem war das Gedicht »Sur la loi naturelle« gewidmet? La Harpe sagt, erst dem König von Preußen, dann der Markgräfin von Baireuth, bei welcher Voltaire nach seiner Veruneinigung mit Friedrich sich einige Zeit aufgehalten hätte; da aber Voltaire nicht bei der Markgräfin, sondern bei der Herzogin von Gotha damals zum Besuche war, so mußte es diese sein, der das vortreffliche Gedicht gewidmet ist. »Das sagt auch Collini, der Secretair Voltaire's, das sagt der Dichter selbst in einem Briefe an d'Argental vom 22. März 1756« — bemerkt Beuchot in einer Note. Mit Collini hat es seine Richtigkeit, aber wie mit dem Briefe an d'Argental? Da heißt es: Ich erfahre, daß man »La religion naturelle« sowohl in der für die Herzogin von Gotha, als für den König von Preußen bestimmten Ausgabe gedruckt hat. Also gab es eine Widmung an den König, eine an die Herzogin, und wie die Leser aus dem Briefe sehen werden, eine dritte an die Markgräfin. Die Verse, wie sie Voltaire in dem folgenden Briefe an die Markgräfin schreibt, finden sich nach der Note der Kehler Ausgabe der Werke auch in einer alten Abschrift vor, nur fehlen in dem Briefe wegen Mangels an Raum die zwei letzten in der Kehler Note mitgetheilten Verse. Diese dritte Widmung war die letzte des Dichters, und da die jüngste Bestimmung auch immer Gesetzeskraft

behält, so ist die Widmung an die Markgräfin als die
allein giltige zu betrachten.

Mehr noch als auf »Sur la loi naturelle« paßt
die Anwendung »Sermon« und »Prediger« auf das
übersandte Gedicht »Sur le desastre de Lisbonne«.
Dieses Poëm ist nur ein neuer Beweis, daß in Voltaire's Innerstem eine hohe, heilige Ueberzeugung
wohnte, und daß sein Spott und sein Hohn nur denen
galten, welche die reine Gottesidee, die erhabene Lehre
Christi beschmutzten und in den Staub traten. Ein
fürchterliches Erdbeben hatte am 21. December 1755
aus einer großen, herrlichen Stadt in einer Stunde
einen Trümmerhaufen gemacht und Millionen von
Menschen die Frage abgedrungen: Wo bleibt da die
Güte Gottes? Pope, Voltaire's alter Freund, hatte
in »Essay on man« den Grundsatz aufgestellt:
»Alles ist gut.« Ju seinem Gedicht sucht Voltaire in
Hinweis auf das Unglück in Lissabon zu beweisen, daß
der Satz »Alles ist gut« im absoluten Sinn gebraucht
nur ein Hohn für die Schmerzen unsers Lebens ist und
daß nur die Hoffnung auf ein höheres Dasein im Jenseits
uns trösten und stärken kann. Für ihn gäbe es allerdings noch in dieser Welt einen Trost, das ist die
wiedergewonnene Gunst des Königs. Der Dichter
kann ihn nicht vergessen und so drängt sich die Erinnerung an ihn, wie eine leise Klage auch in die folgenden
Zeilen. Er ist wieder im brieflichen Verkehr mit dem
»Salomon des Nordens«, dieser läßt ihm durch den

Abbé be Prabes antworten unb schickt ihm sogar seine
Meropé in eine Oper umgewandelt, was Voltaire, bei-
läufig gesagt, ein gelindes Fröstelu verursacht. Die Geschichte der nächsten Zeit scheint wieder von Sanssouci ausgehen zu wollen; neue Gefahren umbrängen, neue Kriege
erwarten den König, er schließt ben wichtigen Vertrag
mit England unb Alles bies geht ohne Voltaire vor sich.
Ein tiefer Seufzer entringt sich seiner Brust, aber
»Vorbem Bruber Voltaire« wird seine Wohnung auf
ber Terrasse von Sanssouci nicht wieder beziehen;
zwischen bem Genfer See unb ber frischen, klaren
blauen Havel sind bie Wege wie verschüttet.

Von Voltaire.

Monrion bei Laufanne ben 17. Februar 1756.

Madame!

Sie gehören zu ben höheren Wesen, welche nur dazu
da sind, um Glück unb Freude um sich zu verbreiten.
Man behauptet von Gott, baß er bas Böse zwar nicht
thue, baß er es aber zulasse. Die Frau Prinzessin von
Passau-Saarbrück hat ein gewisses Werk, betitelt:
»Sur la religion naturelle« nach Paris geschickt unb
ich kann Eurer Königlichen Hoheit schwören, baß ich
Niemanbem als Ihnen allein eine Abschrift bavon gegeben habe. Der König, Ihr Bruber, hat bas Original
niemals aus ber Hand gegeben. Es war ein sehr form-
10*

loſes Gedicht, ich habe ſeitdem viel daran gefeilt und
nun fängt es ſo an:

> Du Fürſtin ohne Hoffarth, du Frau'nbild ohne Schwäche,
> Du, deren Geiſt und hohe Weisheitsgaben
> Mit holdem Zauber ſtets gebannt mich haben,
> Wie ſelbſt der feuchte, tiefe Strahlenſchimmer
> Aus Deines Auges Gluth vermocht hat nimmer.
> Du, einer der von Gott erleſnen Geiſter,
> Laß uns erkennen unſern Herrn und Meiſter!

Nach dieſem kleinen Debüt können Eure Königliche
Hoheit nicht umhin, den Sermon und ſeinen Prediger
unter Ihren Schutz zu nehmen.

Ihr Königlicher Bruder wächſt in ſeinem Ruhme,
trotzdem es ſchien, als ob dieſer gar nicht mehr größer
werden könnte. Er ſchließt Verträge, und das iſt beſſer,
als wenn er Siege erfochten hätte. Er vertreibt die
Fremden aus ſeinem Lande, er befeſtigt die Throne der
anderen und ſichert den ſeinen. Das iſt aber nicht
Alles, er hat auch meine Meropé in eine Oper verwandelt und mir geſchickt. Das Alles iſt recht ſchön und
gut, aber leider bin ich nicht mehr im Beſitz ſeiner
Gnade. Anbei habe ich die Ehre, Ihnen einen anderen Sermon zu überſenden. Möge er Ihnen Freude
machen! Seien Sie die Richterin zwiſchen mir und
Pope! Für Sie wünſche ich, daß Alles gut ſei und
zwar für immer. Indem ich mich Seiner Durchlaucht
dem Markgrafen und Eurer Königlichen Hoheit zu Füßen

lege, bin ich mit dem tiefsten Respekte und nie erkalten-
dem Eifer

Bruder Voltaire.

Am Ende des Jahres 1756 erschien Voltaire's:
»L'essai sur l'histoire generale,« ein Buch, in
welchem das achtzehnte Jahrhundert wieder glänzend
seine Unfähigkeit für die historische Würdigung der
Vergangenheit, namentlich des Mittelalters dargethan
hat. Es wurde sogleich an die Freunde und natürlich
auch an die Markgräfin versandt. Während man in
dem Kapitel »Heinrich IV.« voll sittlichen Abscheu's
die Ermordung »dieses guten Königs« durch das Schein-
sal Ravaillac las, kam aus Paris die Kunde von einem
neuen Ravaillac, einem Ravaillac des Federmessers,
von dem Mordversuch, welchen der frühere Diener im
Collegium der Jesuiten, Damiens, auf Ludwig XV.
gemacht hatte. Der König war beim Aussteigen aus
dem Wagen von ihm mit einem Federmesser in der
Seite verwundet worden. Voltaire war von dieser
Nachricht ungemein erregt, weniger vielleicht aus Liebe
für den König, dessen »gentilhomme ordinaire de la
chambre« er geblieben war, als aus Haß gegen seine
alten Feinde, die Jesuiten. Damiens, das stand in
Voltaire fest, war ihr Werkzeug, und mehr noch als den
König hatte dieser Stich sie getroffen; er gönnte ihnen
denselben von ganzem Herzen. Dießmal that er ihnen
jedoch Unrecht. Damiens hatte für sich gehandelt, er

war die schou um diese Zeit durch die Opposition des
Parlamentes in Aufregung gebrachte Volksstimmung.
Ach aus dem Federmesser wurde ein Menschenalter
später ein Fallbeil! Damiens' That ist unter den
außerordentlichen Neuigkeiten, von denen Voltaire in dem
nächsten Briefe spricht, zu verstehen; es ist anzunehmen,
daß demselben ein ausführlicher, von fremder Hand
geschriebener Bericht über den Hergang der Sache bei-
lag, gerade wie der »Fortsetzung der Nachrichten«, die
er in dem zweitnächsten Briefe an seine fürstliche Freundin übersendet. Er hatte über dieses Ereigniß aus
Paris an funfzig Briefe und Berichte bekommen. So
gewaltig war das Aufsehen dieser That. Leider brachte
sie die damalige Welt nur zum Entsetzen und nicht zum
Nachdenken.

Von Voltaire.

Monrion im Januar 1757.

Madame!

Gestatten Sie, daß ich meine Wünsche für das
Wohlbefinden Eurer Königlichen Hoheit hier erneuere
und empfangen Sie meinen Dank für die durch Herrn
von Abhemar geworbene Versicherung, daß Sie nicht
aufgehört haben, mir Ihre Huld und Gnade zu bewahren.

Zugleich nehme ich mir die Freiheit, Ihnen Neuigkeiten aus Paris zu übersenden; sie sind ganz außer-

151 —

orbentlicher Art und werden Jhr Nachbenken heraus-
forbern. Jch weiß nicht, ob Eure Königliche Hoheit
schon im Besitze der Exemplare der Geschichte sind,
welche ich Jhnen zu übersenden mir erlaubt habe.
Hoffentlich wird der König fortfahren, die moderne Geschichte mit den schönsten und glänzenbsten Capiteln zu
versehen, aber nur einem Cäsar kommt es zu, seine
Commentarien zu schreiben.

Noch lebe ich der vollen Ueberzeugung, er wird sich
einst erinnern, daß er mich aus meinem Vaterlande
weggebracht hat, daß ich für ihn meinen König aufgab,
meine Heimath, meine Würden, meine Pensionen und
meine Familie. —

Wäre er jetzt in Berlin, so würde ich mir die Freiheit nehmen, ihn um Zusendung von Melonen-Kernen
zu bitten, und die Fürsprache Eurer Königlichen Hoheit
dazu in Anspruch zu nehmen, aber er hat andere Dinge
zu thun, als meiner Tafel die Ehre seiner Melonen zu
gönnen.

Genehmigen Eure Königliche Hoheit und Seine
Durchlaucht der Markgraf gnädigst die Versicherung
tiefsten Respectes und die Gebete

Bruder Voltaire's.

Die bereits erwähnte »Fortsetzung der Nachrichten«
aus Monrion vom 8. Februar batirt, ist in der Corre-
sponbenz abgedruckt und zwar als Beilage des ersten
der beiden Briefe, welche dieselbe von dem Dichter an

die Fürstin bringt. Dieser Brief enthält aber nichts
als einen kurzen, etwas trockenen fortgesetzten Bericht
über das außerordentliche Ereigniß in Paris und einige
Details desselben, dann die Einladung, die Voltaire
von der Kaiserin Elisabeth nach Petersburg zugegangen
war und endlich den Wechsel im französischen Ministe-
rium des Auswärtigen und wie weit man es bringen
kann, wenn man, wie Abbé de Bernis an die Pompadour, Verse macht. Bernis, sein Feind, dann sein
Freund, zuletzt keines von beiden, Babet-Bernis von
seiner dicken Geliebten genannt, er Minister — stilles
Hohngelächter in Voltaire! Nun war dieser auch gewiß,
daß sich der Abbé für den geringschätzenden Vers, den
Friedrich gegen ihn gemacht hatte, rächen würde.
»Vermeidet Bernis' Reichthum an geistiger Armuth.«
So ein königlicher Vers bleibt eine ewige Wunde für
einen eitlen Dichter; wir werden später seine großen
Folgen, das Minimum in den Wirkungen, sehen.
Warum war der König nicht vorsichtiger? Wußte er
nicht, daß in Versailles damals Alles möglich war und
ein Abbé, wenn er auch kein Richelieu und Mazarin,
auch kein Fleury, doch Minister werden konnte? Wird
sich das Geschöpf der Pompadour nicht rächen, vielleicht
sehr empfindlich? Frankreich und Oestreich im Bunde,
eine Coalition, welche in Wien und Versailles eifrig
fertig gemacht worden war, das wird für den preußischen Helden eine schwierige Stellung werden, aber —
»Madame, Madame, der König ist ein großer Mann.«

Da der Brief ohne alles individuelle Interesse ist, haben wir ihn hier abzudrucken unterlassen. Voltaire will nicht nach Rußland, um so weniger jetzt, wo Rußland dem österreich-französischen Bündniß gegen Preußen beigetreten sei; die Franzosen sind auf dem Wege nach den preußisch-westphälischen Besitzungen, die Russen werden von der anderen Seite d. h. in Preußen auch nicht lange auf sich warten lassen. Er will weder Könige noch Autokratinnen, schreibt er, er hat die Sache durchgemacht, aber er möchte den Orden und den Kammerherrnschlüssel vom Könige wieder haben »ces brimborions« wie er sich ausdrückt, auf welche er aber besserungeachtet so großen Werth legt. Darum die öfters wiederkehrende Erinnerung an die dem Könige gebrachten Opfer, aber er ist weit entfernt seinen Wunsch gerade heraus zu sagen, er drückt denselben in Meloneukernen aus. Er hat sich ganz in die Idylle zurückgezogen, nur hin und wieder kommt ihn die Lust an, auf dem Theater im Hause der schönen und geistreichen Marquise Gentil de Langalerie die Lorbeeren des Schauspielers von der guten Gesellschaft Lausanne's einzuernten. Er lebt sich immer mehr in die dortigen engen Verhältnisse ein, selbst seine parifer Kunstanschauungen schrumpfen zusammen, eine Gesellschaft von Dilettanten spielt bessere Comödie als die Schauspieler des Königs in Paris und eine junge Dame in Genf singt fast gerade so gut, als Mademoiselle Astrua aus den schönen Tagen von Berlin, dieselbe Astrua,

die mit ihrer prächtigen, vollen Stimme Harpeggien wie
auf der Violine machen konnte, welche vom Könige so
hoch verehrt wurde und die zum Danke dafür so sehr
für Maria Theresia eingenommen war; der König hatte
ihr nur ein hohes Jahrgehalt und eine lebenslängliche
Pension ausgesetzt, die Kaiserin aber eine Aigrette aus
Brillanten geschenkt.

Von Voltaire.

Montieu, den 5. März 1757.

Madame!

Bewahren Sie mir gnädigst Ihre gütige Huld,
behüte Sie Gott vor den Russen und mich armen,
kranken Menschen vor dem Eise von Petersburg. Eines
Tages, als die Sonne so schön und warm schien, war
ich wirklich versucht, nächsten Sommer nach der Hauptstadt des neuen Kaiserreiches, dessen Geschichte ich schreiben soll, mich auf den Weg zu machen. Ich sagte mir,
du gehst über Baireuth, bringst deiner erhabenen Beschützerin deine Ehrerbietung dar, wirst von ihrem
Königlichen Bruder Pässe erhalten, und diese Pässe wirst
du der Fürsprache der milbthätigen Schwester verdanken.
Aber der Nordwind, mein Respect vor den Husaren
und die guten Dienste, deren sich ein Reisender in Polen
zu versehen hat, haben mein Phantasiegebilde wieder zu
nichte gemacht. Ich beschränke mich jetzt darauf, den gut-
müthigen Lusignan in Zaïre vor einer gravitätischen

Verfammlung von Schweizern zu spielen. Wahrhaftig
unsere Truppe könnte mit allen Ehren vor Eurer Königlichen Hoheit erscheinen. In Genf ist ein Mädchen voll
Geist, die fast eben so gut wie Mademoiselle Astrua
singt und die besonders unnachahmlich in der komischen
Oper ist. In Genf werden keine Opern gespielt, dort
singt man nur Pfalmen. Früher hatten Eure Königliche Hoheit einmal die Absicht, eine geist- und talent-
volle Person in Ihre Nähe zu ziehen. Diese junge
Dame von sehr angenehmen Aeußeren paßte sich viel
besser für den Baireuther Hof als für Genf. Man soll
aber nicht von Vergnügungen reden, wo Alles sich zu
einem so ernstlichen Kriege rüstet. Der Versailler Hof
hat soeben acht französische Marschälle ernannt und
50000 Mann rücken im Augenblick gegen Flandern
vor, wenigstens sind die General-Quartiermeister schon
voraus gegangen. Ihr Bruder, der König, wird jetzt
nun noch größere Thaten verrichten müssen, als er
schon vollbracht hat; dann wird er wieder zur Philosophie zurückkehren, für die er ebenso hoch begabt ist
als für den Heldenmuth; er wird dann auch eines
Mannes gedenken, der für ihn sein Vaterland aufgegeben hat. Er weiß ja nicht, wie innig ich seiner Person
zugethan war. Ihr Kammerherr, Madame, der aus
Italien zurückkommt, wird Ihnen sagen, daß man in
meiner bescheidenen Einsamkeit bei Genf ganz glücklich
leben kann. Er wird Ihnen ferner sagen, daß Jemand,
der des Umganges mit Eurer Königlichen Hoheit gewür-

bigt worden war, anders gar nicht glücklich leben könne,
als eben in der Einsamkeit.

Gestatten Sie mir, meine heißen Wünsche für Ihre
Gesundheit Ihnen zu Füßen zu legen. Die Natur hat
Ihnen außer dieser Alles verliehen, aber wozu sind
Schönheit, Größe, Geist und Anmuth, wenn der Kör-
per leidet?

Genehmigen Eure Königliche Hoheit und Seine
Durchlaucht der Markgraf den tiefen Respect und meine
heißen Gebete.

Bruder D.

Von Voltaire.

Aus Délices am Genfer See den 15. Juli 1757.

Madame!

Bruder Voltaire wird seine Ergebenheit für Eure
Königliche Hoheit nie aufgeben, und Sie werden mir
daher erlauben, mich der Zahl derjenigen anzuschließen,
welche den Tod Ihrer Königlichen Mutter auf das
Tiefste beklagen und zugleich der würdigsten Tochter der
Geschiedenen das längste und glücklichste Leben wünschen.

O Madame, es ist keine Kleinigkeit, glücklich zu
sein; es ist sogar viel leichter, große Dinge zu verrichten, als sich den inneren Seelenfrieden zu wahren, und
wenn auch der Ruhm so theuer und so schwer erkauft
wird, so ist er doch weniger selten als dieses Glück.

Eure Königliche Hoheit haben eine Mutter verloren, Sie müssen unaufhörlich Ihre Brüder den größten Gefahren ausgesetzt sehen, die Flamme des Krieges wüthet an den Grenzen Ihres Landes — ach Madame, um wieviel schöner waren jene Tage, als Sie auf Ihrem Schloßtheater die Roxane so vortrefflich darstellten und ich die Ehre hatte, mich in der Rolle des Acomat zu versuchen, als ich mich in chinesischem Costüm präsentirte und Zeuge der schönen Feste war, welche Sie Ihrem Königlichen Bruder gaben!

Ich war damals sehr glücklich; täglich war ich in der Nähe Eurer Königlichen Hoheit, versunken in Ihren Anblick, lauschend dem Tone Ihrer Stimme, in Bewunderung Ihrer Talente und Ihrer bezaubernden Art. Ich weiß zwar nicht, wohin dieser grausame Krieg, der ganz Deutschland in Bestürzung versetzt, noch führen soll, aber dessen bin ich sicher und gewiß, daß es nichts Verehrungswürdigeres, nichts Liebenswürdigeres giebt, als die Frau Markgräfin von Baireuth. Feind und Freund sind darüber einig, das ist ein Glaubenssatz, den Niemand antastet.

Ich höre gern, daß Ihre Gesundheit sich wieder kräftigt, und daß Sie keine Ursache haben, das Klima der Provence und Italiens zu vermissen. Baireuth muß selbst in der Nähe des Krieges ein reizender Aufenthaltsort sein. Vielleicht hat Ihnen ein Kammerherr, der sich auf Reisen befindet, gesagt, daß Sie in der kleinen Einsiedelei an den Ufern des Genfersee's wahr-

haft angebetet werden. Sie haben Altäre überall,
wo man denkt.

Mögen Eure Königliche Hoheit und Seine Durch-
laucht der Markgraf mir Ihre Huld gnädigst bewahren!
Vor einigen Monaten hatte Seine Majestät der König,
Ihr Bruder, die Gnade mir wieder zu schreiben; eine
gleiche Freiheit wage ich mir jedoch nur durch Ihre
Vermittlung zu erlauben und Eure Königliche Hoheit
werden dieselbe Bruder Voltaire immer gewähren und
Sich seines tiefsten Respectes gnädigst versichert halten.

Voltaire trieb auf seine alten Tage noch den Luxus
eines Generalpächters. Außer Monrion und einem
Hause in Lausanne hatte er, bevor er Ferney kaufte,
noch einen reizenden Landsitz in der Nähe von Genf,
von ihm Delices genannt, erworben. Schon um diese
Zeit hatte er sich ganz von Lausanne weggezogen und
in der Umgebung von Genf seinen dauernden Aufenthalt genommen. Tronchin hieß der Zauber von Genf,
der berühmte Arzt, zu dessen europäischem Rufe er nicht
wenig beigetragen hatte, dem die Leidenden aus allen
Ländern Europas zuströmten. So lange Tronchin in
seiner Nähe war, so lange konnte er nicht sterben.
Sterben! Welche komische Anmuthung! Er hatte einen
so reizenden Landsitz, so prächtige Möbeln, so elegante
Equipagen; jeden Tag war sein Haus von angenehmen
Gästen belebt, es wurde ruhig in ihm, die große Natur,
die Alpenkette, der See von Genf übten ihre wunder-

bare Macht auf seine nervöse Erregbarkeit, — ach das
Leben nahm an Reiz zu, je mehr es auf die Neige
ging. Von Delices aus sind die nächsten Briefe »des
Schweizers« Voltaire geschrieben. Hier säete, pflanzte
er, von hier aus sah er mit einem gewissen philosophischen Behagen, daß »die Könige Europa's nicht im
Genuß einer solch' glücklichen Ruhe waren.« Halb
Europa hatte sich in Waffen gegen den Preußenkönig
erhoben, und am 18. Juni 1757 saß dieser auf jenem
Baumstamme in der Nähe des Schlachtfeldes von Kolin,
gedankenlos Figuren in den Sand zeichnend, noch ganz
betäubt von der furchtbaren Niederlage, die er erlitten,
er, der bisher nur zu siegen gewohnt war. War es
ihm nicht zu Muthe, als säße er auf einem der Trümmer seines Thrones? Sein Untergang schien gewiß.
Vier Nationen, Frankreich, Oestreich, Rußland und
Schweden gingen vereint gegen ihn und sein Volk.
Wie konnte er sich mit Erfolg behaupten! Vor Allem
galt es jetzt, Frankreich von der Bouboirallianz mit
Oestreich zu trennen und ersteres zu einem Frieden zu
bewegen. Am Hofe der Markgräfin lebte Louis
Alexander de Riqueti, Comte de Mirabeau, Ober-
Kammerherr, Ober-Bau- und Ober-Musik-Direktor,
aus derselben Familie, aus welcher der spätere Revo-
lutionsmann Mirabeau stammte, und ein Verwandter
des Minister gewordenen Abbé Bernis. Er wurde mit
Wissen des Königs von der Markgräfin nach Paris gesandt, mit der Vollmacht, der Marquise von Pompa-

bour für den Frieden eine halbe Million Thaler und
noch mehr zu bieten. Die Mission verunglückte. —
Die Favorite konnte eine halbe Million ausschlagen
aber die Sarkasmen des Königs über sie nicht vergessen.
Dies hatte Letzterer seinem früheren Freunde zu verdanken;
denn Voltaire hatte die Uebermittelung derselben nach
Versailles an die Adresse der Marquise pünktlich besorgt.

In diesem Zeitpunkte tritt der Briefwechsel in ein
neues Stadium. Bisher war derselbe mit einer kurzen
Ausnahme leichtes, amusantes, geistiges Ballspiel, was
hinüber und herüber ging; nun aber kamen der große tra-
gische Ernst überwältigender Thatsachen und die Tage der
Gefahr und der Verzweiflung. Hier in dieser Zeit der
Prüfung bewährte sich das Geschwisterpaar auf das
Glänzendste, Friedrich in seiner Unüberwindlichkeit,
Wilhelmine in der Kraft der Liebe, die später in der
berühmten Epistel vom 12. October 1758 von dem
Bruder durch folgende Worte verewigt wurde:

> Wie könnt' ich Deiner Freundschaft je vergessen!
> Du standest fest, Dein Herz an meiner Seite,
> Du sahst nach Hilfe aus, zur That entschlossen;
> Du warst mein Trost in meinem tiefen Leide,
> Die einz'ge Zuflucht und der Port, wo Ruh'
> Und Hoffnung winkte, mein Asyl warst Du!

Hier aber erscheint der Charakter Voltaire's unbe-
stimmt und unbestimmbar, wie bei allen Menschen, die
wie er, von augenblicklichen Stimmungen und nicht
von festen Grundsätzen regiert werden. Er hat es nie

vermocht, die Interessen und Empfindungen seiner Person von den Dingen zu trennen, er gewann es nie über sich, consequent zu sein, als nur in dem tiefen Zusammenhange, in welchem dieses subjective Gebaren mit seiner Verneinung alles Positiven stand. Nach der einen Seite verbreitet er Gehässigkeiten gegen den König, nach der anderen schmeichelt er ihm; heute will er eine Kriegsmaschine gegen ihn erfunden haben, morgen spricht er mit Stolz von einem seiner neuen Siege, genug er ist in dieser Zeit voll von Zweideutigkeiten, Inconsequenzen und Widersprüchen. Wie mag es in ihm aufgeblitzt haben in seiner Seele und seinen Mienen von einem sehr menschlichen Etwas, als aus Baireuth ein Angstruf herüber in seine Alpenruhe tönte! Wir kennen die Zeilen mit dieser Klage nicht, aber daß sie mit dem Herzblute der Markgräfin geschrieben waren, das geht aus folgender Antwort des Dichters hervor, es ist der zweite der bereits früher abge-druckten Briefe Voltaire's an die Markgräfin.

In der Beuchot'schen Ausgabe der Correspondenz ist derselbe dem Briefe der Markgräfin vom 19. August nachgesetzt; daß er aber in den Anfang des Monats zu setzen ist, und daß derjenige der Markgräfin vom 19. August die Antwort darauf ist, geht unzweifelhaft aus dem aufgefundenen vom 29. August hervor.

Von Voltaire.

Mein Herz, Madame, ist mehr denn je ergriffen von der Huld und dem Vertrauen, welche Eure Königliche Hoheit mir zu erweisen so gnädig sind. Wie sollte mein Gemüth nicht im Allerinnersten gerührt werden! Ja, Sie leiden allein nur durch Ihre schöne Seele. Wozu wäre ich sonst auf der Welt, als um mit einer unbegrenzten Verehrung zu solch erhabenen und fein empfindenden Naturen, wie Sie deren eine, im tiefsten Herzen mich hingezogen zu fühlen! Sie wissen, wie sehr ich immer dem Könige, Ihrem Bruder, ergeben war.

Je älter, desto ruhiger werde ich, und je ernstlicher ich auf Alles verzichtet habe, desto eifriger bin ich bemüht, mir aus dem Ort meiner Zurückgezogenheit eine Heimath zu machen, und desto ergebener werde ich diesem philosophischen Könige sein. Ich schreibe ihm Nichts, was ich nicht in der Tiefe meines Herzens empfände und was nicht der Wahrhaftigkeit desselben entströmt, und wenn Eure Königliche Hoheit Nichts gegen meinen Brief einzuwenden haben, so bitte ich Sie, ihn ebenso, wie die vorhergehenden, mit einigen Zeilen Ihrer Hand dem Könige zukommen zu lassen.

Eure Königliche Hoheit werden in diesem Briefe Andeutungen finden, die zu Ihren eigenen Gedanken in Beziehung stehen. Obgleich die ersten Anstrengungen in

Betreff des Friedens von keinem Erfolge waren, so werden sie nach meiner Ueberzeugung doch diesmal zum Ziele führen. Gestatten Sie, daß ich Ihnen hier einen meiner Gedanken unterzubreiten mir erlaube. Ich glaube vermuthen zu können, daß der Marschall von Richelieu sich geschmeichelt fühlen würde, wenn man sich in dieser Angelegenheit an ihn wendete. Nach seiner Auffassung, wie ich vermuthe, wäre es nothwendig, inmitten der beiden kämpfenden Parteien das Gleichgewicht zu halten; es würde ihn sehr freuen, wenn der Dienst seines Königlichen Herrn mit dem Interesse von dessen Alliirten eines Theils und dem Ihrigen anderen Theils sich vereinigen könnte. Wollen Sie ihn gelegentlich sondiren lassen, so würde das gerade nicht sehr schwer sein. Kein Anderer, als der Marschall von Richelieu wäre zur Führung der Angelegenheit in dieser Auffassung geeigneter. Aber nur allein in der Voraussetzung, daß der König, Ihr Bruder, sich bestimmt fühlen möchte, sich dafür zu entscheiden, wage ich es, hier überhaupt davon zu sprechen; ja, ich erkühne mich, Ihnen sogar zu sagen, daß er Ihnen in diesem Falle sehr verbindlich sein müßte, selbst wenn die Sachlage ihm Opfer abzwingen müßte. Doch das ist nur so eine Idee und noch lange kein Vorschlag, noch weniger ein Rath, den ich ertheile. Wie könnte ich Solches auch nur wagen! Es ist nur ein einfacher Wunsch, der seinen Ursprung allein in meinem Eifer, Ihnen zu bienen, hat.

Von der Markgräfin.

Nur im Unglück erkennt man seine Freunde. Der Brief, den Sie mir geschrieben haben, macht Ihrer Denkungsweise alle Ehre. Wie soll ich Ihnen meine Erkenntlichkeit für Ihr Vorgehen an den Tag legen! Von gleichem Gefühle, wie ich, ist auch der König beseelt. Sie werden beiliegend ein Billet finden, er hat mir aufgetragen, es Ihnen zu übersenden. Dieser große Mensch bleibt immer derselbe, er trägt seine Unglücksfälle mit einem Muth und einer Gelassenheit, die Seiner vollkommen würdig sind. Er hat den Brief, den er Ihnen schrieb, nicht umschreiben können, derselbe fing mit Versen an, aber anstatt Sand darauf zu streuen, nahm er das Dintenfaß, und darum ist das Papier auch abgeschnitten. Ich bin in einem erbarmenswürdigen Zustande, ich werde den Untergang meines Hauses und meiner Familie nicht überleben, das ist der einzige Trost, der mir bleibt. Sie werden an uns Stoffe zu Tragödien haben. O Zeiten — o Sitten! Durch eine dichterische Darstellung unserer Leiden werden Sie vielleicht alle Augen mit Thränen feuchten, während man kalt und fühllos den Unglücksschlägen eines ganzen Hauses zusieht, über welches man im Grunde niemals zu klagen Ursache hatte.

Ich kann Ihnen nicht mehr sagen, meine Seele ist so voll und so unruhig, daß ich nicht mehr weiß, was

ich thue. Nehmen Sie jedoch die Ueberzeugung, daß
bei Allem, was sich auch ereignen möge, ich mehr als
je Ihre Freundin bin.

Wilhelmine.

Von Voltaire.

Der Brief, mit dem Eure Königliche Hoheit mich
beehrten, hat mich zu Thränen gerührt. Ich würde
Sie bitten, nach Baireuth kommen zu dürfen, wenn ich
unglücklicherweise nicht diese Nichte bei mir hätte, die
hierher in meine Einsamkeit mir gefolgt ist und Allem
mir zu Liebe entsagt hat. In meiner Zurückgezogenheit
habe ich Eure Königliche Hoheit und Ihr erhabenes
Haus keinen Augenblick vergessen. Ihr edles Herz,
Madame, ist sehr harten Schlägen ausgesetzt. Die
Vorgänge in Schweden, in Deutschland müssen Ihr Gefühl im Innersten erregen. Doch hoffe ich, daß Ihr
Land von dem Kriegsgewitter nicht heimgesucht wird,
wenn schon Ihre Seele von den Erschütterungen leidet;
denn wahrhaft unglücklich können Sie nur durch Ihr
Herz werden. Daß unter diesen inneren Stürmen nur
Ihre Gesundheit nicht leidet! Besser, als ich, werden
Letzteres sich diejenigen angelegen sein lassen, welche
um Ihre Person sind. Für Sie, Madame, für Deutschland, wie für Europa, wäre es zu wünschen, wenn ein
ehrenvoller Friede auf der Grundlage der alten Ver-

träge all dieser Unruhe und diesem Unglücke ein Ende machte. Doch scheint es nicht, daß derselbe in so naher Aussicht steht.

Unter solchen Umständen wird es mir erlaubt sein, beifolgenden Brief, welchen ich an Seine Majestät Ihren Königlichen Bruder zu schreiben mich erkühnt habe, Ihrer Fürsprache zu empfehlen. Wenn Eure Königliche Hoheit darin nichts Ungeziemendes finden, so werden Sie denselben ja wohl in Seine Hände gelangen lassen. Wenigstens sehen Sie daraus, wie ich denke, und ich glaube, daß Sie mir auch beipflichten. Uebrigens, so lange der König eine Armee hat, glaube ich an Nichts, wozu ihn die Verzweiflung bringen könnte. Er hat oft gesiegt, und er kann auch noch siegen, und zuletzt, wenn der Gang der Dinge und die Uebermacht seiner Feinde ihm gar Nichts weiter lassen, als allein seinen Muth, so wird dieser Muth von Europa hoch respectirt werden. Ihr Königlicher Bruder wird immer groß bleiben; wenn er auch, wie so viele andere Größen, Unglück und Mißgeschick hat, so ist ihm doch allein eine neue Art des Ruhmes aufbehalten. Nur möchte ich, daß er seinem persönlichen Verdienste größere Bedeutung beilegen möchte; er steht auf einer Höhe, wo alle Welt ihn höher als Mensch, denn als König achten wird. Wer weiß es mehr zu fühlen, als Sie, Madame, was es heißt, über seine Geburt erhaben zu sein!

Es würde mich zu weit führen, wollte ich Ihnen
Alles sagen, was ich denke und was meine zärtliche
Zuneigung mir einflößt, alles Uebrige können Sie im
Herzen Bruder Voltaire's lesen.

Von der Markgräfin.

Den 12. September 1757.

Ihr Brief hat mich aufs Tiefste gerührt, eben so
hat derjenige, den Sie mir für den König beigelegt
haben, auf ihn denselben Eindruck gemacht. Ich hoffe,
daß seine Antwort Sie zufriedenstellen wird — was
Ihre Person betrifft; weniger werden Sie es von seinen Entschlüssen sein. Ich hatte mir geschmeichelt, daß
Ihre Vorstellungen auf seinen Geist einigen Eindruck
machen würden. Sie werden aber aus beiliegendem
Billet das Gegentheil ersehen. Es bleibt ihm Nichts
übrig, als seiner Bestimmung zu folgen, auch wenn
diese noch so dunkel wäre. Nie habe ich mir darauf
Etwas zu gute gethan, Philosophin zu sein, aber ich
habe mich aus allen Kräften bemüht, es zu werden.
Die geringen Fortschritte, die ich darin gemacht, haben
mich gelehrt, Glanz und Reichthum zu verachten, aber
ein anderes Heilmittel gegen die inneren Stürme, als
den Verzicht auf das Leben, habe ich in der Philosophie nicht gefunden. Das ist das Einzige, sich von
allen Uebeln zu befreien. Mein Zustand ist schlimmer,
als der Tod. Ich sehe den größten Menschen des Jahr-

hunderts, meinen Bruder, meinen Freund, in die
äußerste, entsetzlichste Lage gebracht. Ich sehe meine
ganze Familie Gefahren und Leiden ausgesetzt, mein
Vaterland von unbarmherzigen Feinden zerrissen, unser
Land vielleicht von gleichem Unglück bedroht. Hätte
mich doch der Himmel ganz allein mit all dem Mißgeschick, was ich Ihnen eben geschildert habe, beladen!
Ich würde es tragen ohne Murren und ohne Schwäche.

Verzeihen Sie, aber durch den Antheil, den Sie an
Allem nehmen, was mich betrifft, bestimmen Sie mich,
Ihnen mein Herz zu öffnen. Ach, die Hoffnung ist
daraus fast verbannt! Wendet uns das Glück einmal
seinen Rücken, so ist es in seinen Verfolgungen eben so
beharrlich, als es früher mit seinen Gunstbezeigungen
war. Die Geschichte ist voll solcher Beispiele, aber nirgends habe ich eines gefunden, das auf uns seine Anwendung fände, auch keinen so unmenschlichen und
grausamen Krieg zwischen civilisirten Völkern. Kennten
Sie die traurige Lage Deutschlands und Preußens, so
würden Sie Ihre Seufzer nicht unterdrücken können.
Gegen die Grausamkeiten, welche die Russen in letzterem
ausüben, sträubt sich die Natur. Wie glücklich sind Sie
in Ihrer Einsamkeit, wo Sie auf Ihren Lorbeern aus-
ruhen und ruhigen Geistes über die Verirrungen der
Menschen Ihre Betrachtungen anstellen können! Ich
wünsche Ihnen alles nur mögliche Glück. Rechnen Sie,
wenn uns das Schicksal noch begünstigt, auf meine
ganze Dankbarkeit, nie werde ich Ihnen die Beweise

Ihrer Anhänglichkeit vergessen. Mein ganzes Empfinden sei Ihnen Bürge dafür, wenn ich Jemand Freundin bin, so bin ich es nie halb, und gegen Bruder Voltaire werde ich es immer ganz und wahrhaftig sein.

Wilhelmine.

P. S. Viele Empfehlungen an Madame de Denis; fahren Sie doch fort, ich bitte Sie darum, dem Könige zu schreiben.

Voltaire wieder in diplomatischen Geleisen, geheimer Agent — Mittelsmann in großen Weltangelegenheiten, welche Lust! — Und diesmal mit mehr Glück und Geschick als früher; denn der erste der vier vorhergehenden Briefe würde dem gewiegtesten Diplomaten Ehre machen, abgesehen von der Gesinnung, die dem Könige Opfer d. h. Aufgeben von Schlesien zumuthen konnte. Der König setzte sich auf denselben hin wirklich mit dem Marschall von Richelieu in Verbindung, wenn auch viel früher, als der Dichter in seinen Memoiren angiebt. Der Marschall war ein begeisterter Bewunderer des Königs und hielt an dem traditionellen Hasse seiner Familie gegen das Haus Habsburg fest. In Versailles jedoch waren für Oestreich, wenn auch keine Köpfe, doch Röcke thätig, männliche und weibliche. Man schwelgte in den Flitterwochen der neuen Allianz, die darum so unnatürlich war, weil sie keine Verbindung der Interessen, die zwischen den Häusern Bourbon und Habsburg un-

möglich), sondern lediglich eine Allianz der Rancune
war. Wenn auch der Oberst von Balbi, der verkleidet
im Auftrage des Königs in das Hauptquartier Riche-
lien's sich begab, nichts Wesentliches erreichte, so war
die Zwischenzeit, die über den Bericht des Letzteren nach
Versailles hinging, und das, was der Marschall in derselben nicht that, doch schon ein Gewinn zu nennen.
Die Schwester hatte des Dichters Billet an den König
übersandt, und dieser es auch beantwortet, in kurzen
Worten und etwas kaltem Sinne, wie: Ich habe vernommen, daß Sie an meinen Erfolgen, wie an meinen
Unglücksfällen, Antheil genommen haben; es bleibt
mir weiter Nichts übrig, als mein Leben um möglichst hohen Preis zu verkaufen u. s. w. Man
sieht aus diesen Zeilen, daß die Haltung Voltaire's
in dieser Periode den König genirte, und doch wollte
dieser wieder seine Vorschläge nicht zurückweisen.
Konnte er vielleicht selbst keine allzu große Hoffnung hegen, so mochte er doch nichts unterlassen,
um einen Ausweg aus diesen Labyrinthen zu finden.
Der unglückliche Rückzug des Prinzen von Preußen,
der Verlust der Magazine von Zittau, die Niederlage
des Herzogs von Cumberland, das unglückliche Gefecht
bei Moys, der Tod des Generals von Winterfeld, die
Einfälle der Schweden in Pommern, der Oestreicher in
Schlesien, der Franzosen in das Magdeburgische und
Halberstädtische, der Marsch Habik's auf Berlin —
von allen Seiten Verluste, Niederlagen — zuletzt noch

die Trauerbotschaft von dem Tode der geliebten Mutter — es war zu viel für ein einziges Menschenherz.

Besiegt, verfolgt, ein Flüchtling und verrathen
Von Freunden, denen thöricht ich vertraut!
Prometheus war selbst in der Hölle Schlund
Mit solchen Schmerzensqualen nicht beladen,
Als ich sie fühle auf dem Erdenrund!

Welches Labsal gegen diese Qual des Daseins war der Gedanke an den Tod! Im Tode war Ruhe — Freiheit — Erlösung. »Ich bin fest entschlossen, mich auf den ersten besten der feindlichen Generale, der mir zu nahe kommen wird, zu werfen und will Gott für die Gnade danken, wenn er mit dem Degen in der Hand mich sterben läßt.«

Solches in einem Briefe des Königs vom 17. September 1757 lesend, saß in ihrer Klause in Eremitage eine bleiche, von Siechthum und Krankheit abgemagerte geschwächte Frau, die einst so blühende, lebensmuthige, heitere Wilhelmine, deren Augen nun durch Thränen blicken, deren schwer athmende Brust von Seufzern und Todesahnungen erfüllt ist. Aber die Liebe macht die Seelen stark und muthig und überwindend; ihr Entschluß stand fest. Was war ihr das Leben ohne diesen Bruder, für den sie schon von Kindheit an gesorgt, gebangt, gelitten und sich selbst zum Opfer gebracht hatte? Was war ihm das Dasein ohne sie? »Das Einzige, was mir auf der Welt bleibt, bist Du allein, hatte er ihr geschrieben, Du allein fesselst mich noch an dieselbe;

meine Freunde, meine theuersten Verwandten — Alle, Alle sind begraben — ach, ich habe Alles verloren!

Nein, noch hatte er nicht Alles verloren, diese Schwester war sein mit Leib und Seele, und muthig reicht sie über all dieses Unglück hinüber ihm mit dem Lächeln der Liebe die Hand. Von einem Blut — von einem Geist mit Dir, wohlan denn, auch von einem Schicksal! »O, mein geliebter Bruder! Was Dir auch begegnen mag, ich werde Dich nicht überleben!« Sie hat Wort gehalten, die treue Schwesterseele, — durch ihr Sterben.

Um seine Größe zu beweisen, mußte König Friedrich II. einen Moment der Verzweiflung haben, damit die Mitwelt sah, daß er von den Menschen und nicht von den Göttern war. Diesen Moment bezeichnet die Epistel an den Marquis d'Argens; es war aber nur ein Moment, das Streifen eines sinkenden Adlers an die Erde, der nächste, die Epistel an Voltaire, zeigte ihn wieder glänzend, zum Aether empor sich schwingend.

Ich muß dem Sturme kühn die Spitze bietend
Als König leben — sterben — untergeh'n!

Am 16. October schickt die Markgräfin dem Schweizer Freund diese Verse und schreibt dazu: »An Geist und Körper leidend, kann ich Ihnen nur einen kleinen Brief schreiben. Sie werden beiliegend einen finden, der Sie für meinen kurzgefaßten hundertfach entschädigen wird. Unsere Lage ist immer noch dieselbe; ein Grab ist unsere Aussicht. Wenn auch Alles ver-

loren scheint, etwas wird man uns doch nicht rauben
können, die Kraft unsers Willens und die Liebe unsers
Herzens. Seien Sie von unserer Dankbarkeit und tief
gefühlten Erkenntlichkeit überzeugt. Sie sind deren
durch Ihre Anhänglichkeit an uns so sehr werth und
Ihre Denkungsweise ist wahrhaft eines Philosophen
würdig.«

Wilhelmine.

Da — am 5. November Nachmittags — halb drei
Uhr gab der König vom Herrenhause in Roßbach aus
den Befehl: Marsch! — Die Kanonendonner von Roßbach theilten das Gewölke, das sich unheilschwer über
seinem Haupte zusammengezogen hatte, es wurde wieder
Licht um ihn und über ihm, und im Schlosse von Baireuth
jubelte ein Herz: Sieg — Leben — Hoffnung! Diese
Zeit vom 18. Juni bis 5. November 1757 führte in
dem Leben des Königs jene entscheidende Krise herbei,
die wir in dem Lebenslauf aller großen Helden verfolgen
können, die Krise mit der furchtbaren Alternative:
»Stehen oder fallen!« Große Menschen sind eine Art
von Verhängniß, an ihr Schicksal heftet sich das von
Nationen und Reichen; so stand hier die Vergangenheit und Zukunft Preußens, Krone, Ehre und Leben
auf dem Spiele, aber hier auf dem Gipfel seines Unglücks erreichte Friedrich auch den Gipfel seiner Größe.
Wenn den achtundzwanzigjährigen König Thatendurst
und die Begierde, in der Welt von sich reden zu machen,

zum Beginne des Krieges gereizt hatten, hier wurde der
fünfundvierzigjährige Mann inne, daß er ein aus-
erwähltes Rüstzeug der Vorsehung war, und deren
Stimme spricht nur unter Donnern und Blitzen; hier
wurde er sich der weltgeschichtlichen Bedeutung seines
Kampfes klar bewußt, daß nicht Preußen, nicht Oestreich gegen einander standen, sondern die Macht eines
neuen Weltgedankens gegen eine morsch gewordene Ordnung der Dinge; hier wurde er der Heldenkönig, stieg
über seinem Haupte eine Aureole empor, daß alle Welt
bewundernd ausrief: Friedrich der Große!

Voltaire liebte die Markgräfin wahrhaft, er hörte
aus ihren Briefen den bewegten Schlag ihres Herzens,
sah aus ihren schönen, großen, blauen Augen die Thränen schwer niederfallen, er liebte auch den König, wie
der Dichter seinen Helden liebt, mit jener poetischen
Liebe, die nicht ruhig zusehen kann, wie ein großer ge-
waltiger Mensch einer Uebermacht der Kleinen zum
Opfer fallen muß, er sah in einem Separatfrieden
Frankreichs die einzige Rettung für seinen gekrönten
Freund, für Frankreich den einzigen möglichen Ausweg
aus diesem schlimmen Handel. Er rieth daher der
Markgräfin, sich mit dem französischen Hofe in Verbindung zu setzen und zwar durch den Karbinal von
Tencin, Erzbischof von Lyon und ehemaligen Minister
des Auswärtigen, der auch jetzt noch in Versailles
großen politischen Einfluß übte. Wir erinnern uns des
Aufenthaltes in Lyon und der Liebenswürdigkeiten, die

sich der französische Karbinal und die deutsche Königstochter gegenseitig erwiesen; Wilhelmine wußte sich
überhaupt mit der hohen katholischen Geistlichkeit gut
zu finden; ihr nächster Reichsnachbar war ein Fürst-
Bischof, von den Schönborns einer und die Weitläufigkeit
und Urbanität dieser Herren sagten ihr viel mehr zu,
als die gottesfürchtige Rauhheit protestantischer Hofprediger. Wir erinnern uns ferner der Taktlosigkeit
des Karbinals und seiner Weigerung, mit »dem Satan
des Jahrhunderts« an einem Tische zu sitzen. Voltaire
jedoch unterbrückte seinen Verdruß, aus Liebe für die
Markgräfin, aus Interesse an der Sache und — ver-
schweigen wir es nicht — aus Lust am diplomatischen
Handwerk. Er kannte Tencin; er wußte, daß ein Kar-
dinalshut noch lange nicht für ein Portefeuille tröstet,
und daß Jener nach seinem Ausscheiden aus dem Mi-
nisterium mehr als je geneigt war, sich in die Geschäfte
zu mischen. Aber nicht der Karbinal ergriff die
Initiative, wie Voltaire in seinen Memoiren schreibt,
sondern der Dichter selbst. Evident geht das aus dem
neuerdings aufgefundenen Briefwechsel zwischen Voltaire
und dem Banquier Tronchin hervor. Tronchin, der
Bruder des Genfer Arztes, war Voltaire und dem
Karbinal befreundet, Beide bedienten sich seiner zu
ihren finanziellen Operationen; denn auch der Karbinal
war reich; er hatte früher durch die Convertirung
Law's ein gutes Geschäft gemacht. Der Lyoner Banquier war der Mittelsmann bei dem Karbinal, die

Markgräfin bei ihrem Bruder, und Voltaire war der
Kanal zwischen Frankreich und Deutschland. Von Seite
der Markgräfin war auch noch der Marquis von Abhemar und Spada, der unterdeß Oberhofmeister der Markgräfin und Excellenz geworden war, in das Vertrauen
gezogen und zum größten Theile mit der Führung der
Correspondenz betraut.

Auffallend ist es, daß sowohl in dem Briefwechsel
zwischen der Markgräfin und ihrem Bruder, als auch
in dem des Königs mit Voltaire, so wie unter den von
uns aufgefundenen Briefen, gerade diejenigen Voltaire's
fehlen, welche sich auf diese Angelegenheit beziehen.
Jedenfalls waren die meisten an den Marquis von
Abhemar geschrieben, und diejenigen an die Markgräfin
gingen an den König. Nur aus dem Briefwechsel Voltaire's mit Tronchin, so wie aus Andeutungen in Be-
gleitbriefen der Markgräfin vermögen wir uns einigen
Einblick in die Unterhandlungen zu verschaffen.

Am 24. October 1757 ging Voltaire von Tronchin
die Mittheilung zu, daß der Karbinal sich mit Vergnügen bereit finden würde, einen Brief der Markgräfin an
Ludwig XV. zu vermitteln. Nachdem dieselbe den König
davon in Kenntniß gesetzt und von ihm Antwort erhalten hatte, schreibt sie am 23. November 1757 unter
Anderem: Ich schreibe dem Karbinal mit Nächstem.
Versichern Sie ihn, ich bitte Sie, meiner ganzen Hochachtung, und daß ich auf meinem Lyoner Plan bestehe.
Ich wünschte sehr, daß viele Menschen so dächten, wie er;

bann wäre bie Sache balb gemacht. Es ist recht thöricht
von mir, mich in Politik zu mischen.« Selbst bie
Schlacht von Leuthen am 5. December 1757 unter-
brach bie Unterhanblungen nicht; sie änberte Nichts in
bem Wunsche Friebrich's, bie Franzosen vom Halse zu
haben, wohl aber mochte sie ben Hof von Versailles
geneigter machen, auf Unterhanblungen einzugehen.

Die Markgräfin scheint in biefer Angelegenheit an
ben »chapeau rouge« ober »amant«, wie sie scherz-
haft ben Karbinal nennt, zwei Briefe geschrieben zu
haben; ben ersten in ben üblichen conventionellen Aus-
brücken, in bem zweiten wirb sie auf ben Gegenstand
näher eingegangen fein; auch lag biefem ihr Schreiben
an Ludwig XV. bei; ber Brief an Tencin trägt bas
Datum bes 27. December 1757 unb war für Voltaire mit folgenben Worten begleitet: »Ich schicke Ihnen
beiliegenben Brief für ben chapeau rouge. Daß ber-
felbe nichts Unwahres ober Verstecktes enthält, bafür
kann ich einstehen, aber nicht für bie Liebenswürbig-
keiten, bie sich im Anbenken an ben Karbinal ein-
geschlichen haben mögen.«

Lefe man boch ben folgenben Brief, um zu
erkennen, welch großes Talent biefe merkwürbige Frau
nicht allein für Ibeen, fonbern auch für Thatfachen
hatte. Vor ihrem klaren, freien, burch keine Rücksichten
beeinträchtigten Blicke breitet sich bie Weltlage aus. Sie
hat keinen politischen Gesichtspunkt, nur einen rein
menschlichen: ben Frieden, bas Wohl unb Glück ber

Menschheit. Alles, was sie barüber sagt, ist einfach,
wahr unb treffenb, im Einklange eines hellen Verstan-
bes mit einem warmen Herzen. Weiter jeboch, als bas
Urtheil ber Menschen, gehen bie Absichten jener Macht,
bie über allen menschlichen Ereigniffen thront. Das
Urtheil bes Menschen zielt immer auf bas Rächste,
namentlich, wenn er von bemselben zu leiben hat, wie
bie Markgräfin. Die zwei großen Siege bes Brubers
haben ihre gebengte Seele wieber aufgerichtet; aber bie
Sorge für ben Theuren lebt in berselben fort. Sie sieht
ben König bem Loose bes Orpheus preisgegeben, in
Stücke zerriffen zu werben, aber nicht aus heißer Liebe,
wie ber Sänger, sonbern aus rachegierigem Haffe von
brei Frauen, ber königlichen Buhlerin Pompabour, ber
schwachsinnigen Elisabeth von Rußlanb unb ber er-
bitterten Maria Theresia, während brüben über bem
Kanal auf seiner Insel » un peuple avare » ruhig biesem entsetzlichen Schauspiele zusieht. Friebe thäte ihrem
wunben Herzen, thäte ihnen Allen so noth!

Von der Markgräfin.

Den zweiten Januar haben wir, Gott sei Dank,
bas traurigste von allen burchlebten Jahren beenbet.
Sie sagen mir so viel verbinbliche Sachen über bas
laufenbe Jahr, baß ich baburch nur noch mehr Ursache
habe, Ihnen bankbar zu sein. Meinerseits wünsche ich

Ihnen Alles, was nur irgend zu Ihrem Glücke dient. Ich gebe mein Schicksal der Vorsehung anheim. Man hegt manchmal Wünsche, die uns nachtheilig würden, wenn sie sich erfüllten, also will ich gar keine mehr laut werden lassen. Wenn irgend Etwas in der Welt mich vollkommen zufrieden machen würde, so ist es nur der Friede, ich denke über den Krieg, wie Sie. Wir haben auch einen Dritten, welcher dieselben Gedanken, wie wir Beide, darüber hat, aber kann man immer seiner Deutungsweise folgen? Muß man sich nicht einer Masse von Vorurtheilen unterwerfen, die im Schwange sind, so lange die Welt existirt? Der Mensch hascht nach dem falschen Schein des Ruhmes, Jeder sucht denselben in seinem Berufe, seinen Talenten, man will sich unsterblich machen. Muß man nicht vielmehr diesen chimärischen Ruhm in den wahren oder falschen Ideen suchen, die der menschliche Geist sich davon macht? Demokrit hatte sehr Recht, wenn er über die Thorheiten der Menschen nur lachte.

Ich sehe eine Scheinheilige hinter den Prozessionen gehen, die Heiligen anrufen und dann wieder im eifrigsten Bemühen, ganz Europa zu entzweien und zu entvölkern. Ich sehe wieder einen Philosophen, wie er, wenn auch nur mit Widerstreben und mit Bedauern, Ströme von Menschenblut vergießen läßt, ich sehe ein geiziges Volk, den geschworenen Verderber der Völker, nur um seine Reichthümer zu vermehren, aber still — ich könnte zu viel sehen, und das ist nicht nöthig.

12*

Ich muß Sie dieses Mal mit meinem Geplauder und mit meinen Betrachtungen zufriedenstellen, denn seit dem letzten Brief, den Sie von mir erhalten, habe ich keine Nachrichten empfangen.

Ihr Vorschlag ist ein wenig gefährlich. Ich komme immer zu meiner alten Behauptung zurück, daß man in Ihrem Vaterlande taub ist. Wenn ich mit Ihnen sprechen könnte, so würden Sie ganz anders urtheilen, als Sie es jetzt thun. Der König ist in der Lage des Orpheus, wenn sein Glück ihn nicht aus der Affaire zieht. Er wünscht den Frieden, nur hat dieser sehr viel Aber. — Wenn er nicht vor dem Frühjahr zu Stande kommt, so ist ganz Deutschland verwüstet und verloren. Der gegenwärtige Zustand ist schon entsetzlich genug. Wie man sich auch drehen und wenden mag, so kann man sich vor Gewaltthätigkeiten und vor Plünderung doch nicht sicher stellen. Wollte ich Ihnen eine Schilderung aller Unannehmlichkeiten und alles Unglücks, welches uns betrifft, geben, so würde ich nicht damit zu Ende kommen. Eine Schmach ist es, daß man in einem gesitteten Jahrhundert mit solcher Grausamkeit verfährt. Der König leidet nicht darunter, was man auch sagen möge, das sächsische Volk liebt ihn, aber der Adel haßt ihn, weil er ihm seine Pensionen und Besoldungen genommen hat. Man bringt über ihn fürchterliche Verleumdungen in Umlauf. Kann man ihnen Glauben beimessen? Sie kommen von seinen Feinden, der Neid hat alle großen Männer verfolgt,

und hier kommt noch der Haß dazu. Warum ist man
denn nicht taub, wenn dieser seine vergifteten Pfeile
versendet?... Noch einmal, ich muß zu Ende kommen, denn ich bemerke, daß ich zu viel schwatze. Seien
Sie meiner Hochachtung versichert. Mein ganzes Leben
lang werde ich die wahrhafte Freundin des Bruders in
der Schweiz sein.

Wilhelmine.

Die Panduren oder vielmehr die Husaren des
östreichischen Obersten, Prinzen von Coburg, welche in
der Nähe von Baireuth umherstreiften, hatten Briefe
von Voltaire und der Markgräfin an den König auf-
gefangen. Ein Zwischenfall, der, zur Vorsicht mah-
nend, die Markgräfin zu folgenden Zeilen voll graziösen
Humors veranlaßte. Es waren Vorbereitungen getroffen worden, daß der Fortgang der Friedensbestrebungen
durch die Oesterreicher nicht mehr unterbrochen werde.
Brieflich vom Frieden und dem Kardinal Tencin
und anderen sehr verfänglichen Dingen zu sprechen,
wäre doch äußerst gefährlich gewesen, da der Prinz von
Coburg die aufgefangenen Briefe jedenfalls las. Wer
aber sollte hinter dem Plan einer italienischen Komödie
das Friedensgeschäft und unter der Schwester Mez-
zetino's, was so viel sagen will, als eine, welche die
Fäden einer Intrigue in den Händen hält, die Markgräfin von Baireuth vermuthen! Jedenfalls bezieht
sich der Plan zu der italienischen Komödie auf die

Friedensbestrebungen und auf die Art und Weise, die
Correspondenz künftighin, wenn auch nicht ganz gefahr-
los passiren zu lassen, so doch dieselbe für einen Dritten
unverständlich zu machen. Vortrefflicher Gedanke! Coburg
wird hinter's Licht geführt.

Von der Markgräfin.

(Brief der Panduren an den Schweizer Grader.)

Warum nennen Sie uns gemeine Menschen? Wir
stehlen, wir plündern, wir find privilegirte Räuber,
ja, das ist wahr. Sind wir aber darum mehr zu verdammen, als andere Menschen — z. B. die Autoren,
welche die Gedanken Anderer stehlen, oder die Heiligen
des Paradieses, welche, um Kirchen und Klöster zu be-
gründen, sich die Güter des Volkes und der Privatleute
aneigneten? Nein, gewiß nicht! Lassen Sie uns doch
Gerechtigkeit widerfahren und machen Sie, anstatt uns
zu beleidigen, daß die Fürsten Europa's in Zukunft
unserem Beispiele folgen und nach dem Besitz Ihrer
Briefe eben so begierig werden, als wir es find, damit
sie durch die Lektüre derselben Philosophen und Panduren der Tugend werden möchten. Sollten wir je das
Glück haben, Ihrer habhaft zu werden, so stehlen wir
Ihren Geist und Ihre Kenntnisse, um uns für Ihre
Verachtung zu rächen; unsere Rosinanten werden dann
in Pegasusse verwandelt werden, und dann werden
wir wohl mit Hülfe einer gewissen Dame, Vernunft

genannt, Sie davon abhalten, gegen uns solche erbau-
liche Dinge zu schreiben.

Leben Sie wohl!

P. S. Ich habe alle Ihre Briefe erhalten und be-
antworte sie auf einmal. Der Plan zur italienischen
Komödie ist nicht ganz richtig, aber es würde mir
schlecht anstehen, Ihre Werke kritisiren zu wollen. Die
Schwester Mezzetin's mischt sich nur in solche Dinge,
die sie selbst angehen, und es ist sehr gefährlich, Komödie spielen zu wollen, weil man Gefahr läuft, daß
die Panduren Einen aufheben oder die Rollen auffan-
gen. Seit mehr als vier Wochen habe ich keine Nachrichten von dem Könige. Es kann sein, daß er mir geschrieben hat, ja, ich bin dessen sogar sicher, aber ich
denke, daß die Briefe Wege eingeschlagen haben, die nicht
hieher führten. —

Die Franzosen sollen in Bremen einen kleinen Verlust gehabt haben, 7000 Mann haben sich geschlagen.
Den Schweden geht es in Pommern noch schlechter,
ihre Kavallerie hat sich auf die Insel Rügen zurückziehen
müssen, ihre Infanterie ist in Stralsund, wo man sie
eingeschlossen hat und das Bombardement gegen sie beginnt, das ist Alles, was ich weiß. Mein Bruder von
Preußen (August Wilhelm) hat mir einen Brief für Sie
übersandt. Am Datum können Sie sehen, wie un-
regelmäßig die Sendungen hier ankommen.

Ich beklage Ihre Verblendung, daß Sie nur an Gott
glauben und J.... leugnen. Wie werden Sie das.

verantworten können? Wenn ich noch für irgend Etwas
Interesse hätte, so wäre es, diese Ihre Vertheidigung
zu vernehmen. Abieu. Geben Sie mir Nachrichten von
Ihnen und vor Allem von meinem »Amant«. Wolle
Gott, daß es gute seien!

Wilhelmine.

Die Nachrichten aber waren nicht gut. Der Kardinal schrieb einen Brief an Ludwig XV. und übersandte denjenigen der Markgräfin an Seine Majestät in
Versailles. Aber fast wäre der Vermittler über die
Antwort vor Zorn und Aerger so roth geworden, wie
sein Hut; denn der Bescheid des Königs war so trocken,
als der Brief einbringlich war und lautete dahin, daß
der Staatssecretair des Auswärtigen Seiner Eminenz
antworten würde. In der That ging ihm, dem großen
Kardinal, von dem kleinen Abbé de Bernis eine Antwort für die Markgräfin zur Unterzeichnung zu, und
diese enthielt eine Zurückweisung der Friedensvorschläge.
Der Kardinal Tencin starb 14 Tage nachher, wie
Voltaire behauptet, an dieser Unterschrift. Der Haß
der Pompadour gegen Friedrich den Großen und das
»Ma cousine« der stolzen Habsburgerin an die ehrgeizige Maitresse waren mächtiger, als die Stimme der
Vernunft und die Rücksicht auf die wahren Interessen
Frankreichs.

Wenn Voltaire in seinen Memoiren sagt, daß er
sich dieser Negociation nur darum unterzogen habe, weil

— 185 —

er darin eine Niederlage für den Karbinal von Tencin vorausgesehen habe, so ist das ganz einfach eine Selbsttäuschung. Er würde es gewiß nicht gesagt haben, wenn der Friede zu Staube gekommen wäre. Der Erfolg ist ein Gottesurtheil, aber Voltaire hätte die Erfolglosigkeit der Unterhandlungen ganz einfach zugestehen können, gerade in diesem Falle, wo er, wie St. Marc de Girardin ganz richtig bemerkt, wirklich diplomatisches Talent gezeigt hatte, und wo nicht die Sache, sondern nur eine Partei gegen ihn war. Allerdings fehlt es in den Briefen Voltaire's an Tronchin nicht an ironischen Anspielungen auf den Karbinal, namentlich auf die Antwort, welche Tencin im Jahre 1741 dem Papste in Rom gab. Dieser hatte sein Bedenken darüber ausgesprochen, daß das Bündniß Frankreichs mit Preußen in dem bayerischen Erbfolgekriege »le marquis de Brandebourg« zu mächtig werden lasse, worauf Tencin geantwortet hatte: »Haben Eure Heiligkeit keine Sorge, Frankreich wird diesen Ketzer eben so wieder bemüthigen, als es ihn erhoben hat.« Abgesehen davon, daß Voltaire für das verweigerte Diner im erzbischöflichen Palaste zu Lyon auf diese Weise an dem Karbinal sein Müthchen kühlen konnte, so hielt er einen Erfolg der Unterhandlungen doch für sehr möglich und sogar wahrscheinlich. Er war nicht der Mann, der ohne diese Aussicht ein solches Stück Arbeit unternommen hätte, er war nicht der erste Geschichtsschreiber, der von seinem staatsmännischen Talent felsenfest überzeugt gewesen

wäre, und in letzter Instanz war diese seine Schwäche
größer, als sein Hang zur Rancune. In einem günstigen
Resultate lag aber für ihn zugleich auch die Möglichkeit
einer Rückkehr nach Preußen zum Könige. Daß er diesen Gedanken selbst damals noch nicht aufgegeben hatte,
wo er sich doch in der Schweiz festgesetzt zu haben schien,
das geht aus dem im Anfange angeführten Billet an
den Marquis von Abhemar und Spaba hervor. Wir
nehmen dasselbe zu diesem Zwecke vorn weg, obwohl es
dem Datum nach später mitgetheilt werden müßte. Es
lag den letzten Zeilen des Dichters an die von Leiden
fast schon verzehrte fürstliche Freundin bei; In denselben
ist wohl von einem Briefe die Rede, den Voltaire zur
Bestellung an den König übersendet, aber dieser Brief
ist jedenfalls an den Bruder abgesendet worden, wenn
schon derselbe in der Correspondenz des Königs mit dem
Dichter fehlt. Das Billet erwähnt im Eingange der
Bemühungen des Marquis von Abhemar und Spaba
um das Zustandekommen des Friedens, dann der Siege,
welche der König über seine verbündeten Feinde, zuerst
über die Franzosen bei Roßbach, dann die Oestreicher
bei Leuthen und zuletzt die Russen bei Zorndorf davon-
getragen hatte.

Voltaire bedient sich in diesem Briefe, welcher zur
Mittheilung an den König und mit unverkennbarer Absicht der Einwirkung auf ihn abgefaßt ist, In gewissen
Wendungen, Wörtern und auch in der Anrede altfran-
zösischer Sprachformen, wie dieselben in der Confidenz-

fprache der Tafelrunde von Potsdam und Sansfouci
gebräuchlich waren. Adolf Menzel hat diefe Tafelrunde gemalt; wie nur einer genialen Hand, ift es ihm
gelungen, die pikante, graziöfe, verbindliche und ein-
fchmeichelnde Art Voltaire's in einer unnachahmlichen
Handbewegung auszudrücken. Letztere liegt auch in
den folgenden Zeilen, nur möchte es für die Ueber-
fetzung fchwer, ja unmöglich fein, die charakteriftifche
Färbung derfelben im Deutfchen wiederzugeben. Das
Billet kann nur für den Marquis von Abhemar be-
ftimmt gewefen fein, und fo tritt uns aus dem Ende
diefes feltenen, geiftigen Verkehrs noch ein menfchlich
fchönes, wehmüthiges, rührendes Bild entgegen. Die
Fürftin liegt krank und todesahnend im Schloffe zu
Baireuth, da kommt ein frifches Lebens- und Liebeszeichen vom fernen Freunde. Geift und Antheil find in
ihr noch ftark und rege, fie will noch wiffen, was der
Dichter dem beiderfeitigen Vertrauten fchreibt, und ob
fich vielleicht nicht eine neue Hoffnung für den Frieden
und den geliebten Bruder darbiete, und dann ift ein
Brief des Freundes, und wären es nur wenige Zeilen,
ein geiftiges Labfal und eine Erinnerung an vergangene
Zeiten. Die letzte Stunde kam, und in der Trauer
und Verwirrung, welche der Tod der Fürftin herbei-
geführt haben mochte, ift diefer Brief an Abhemar, auf
welchem vielleicht ihre letzten Blicke und Gedanken ruhten,
unter die an die Markgräfin gerichteten gekommen.

Von Voltaire.

Monfir!

Wohl habe ich die so liebenswürdigen Zeilen empfangen, die Sie mir hierher nach der Schweiz geschrieben haben. Sie betreffen den allgemeinen Frieden, der unter Vermittelung Seiner Excellenz von Spada zu Stande gebracht worden oder vielmehr einem vollständigen Abschlusse sehr nahe gewesen war. Mit großer Befriedigung habe ich aus Ihrem Briefe erfahren, daß man damit anfangen müßte, mehrere Minister an den Galgen zu bringen, nur wünschte ich genauer zu erfahren, ob man sie zu Vieren oder zu Sechsen neben einander hängen soll. In höchstem Erstaunen, Monfir, stehe ich vor einem Könige, der drei große Nationen eine nach der anderen abthut. Ich habe an einen weitläufigen Vetter von mir, einen gelehrten Benedictiner, geschrieben, daß er in allen seinen Büchern suchen und forschen möge, ob je noch von einem ähnlichen Menschen, wie besagtem Könige, die Rede wäre, und bin seiner Antwort gewärtig. Ich glaubte, besagtem großen Manne vor mehr als zwanzig Jahren nahe gekommen zu sein, aber damals war er nicht dergleichen, denn Sie werden wissen, daß derjenige, den ich damals sah, ein sanftes Gesicht hatte und große blaue Augen, daß er sehr angenehmen, außerordentlich angenehmen Geistes war, Monfir, daß er sehr gut sprach und die reizendsten Sachen von der Welt sowohl in Prosa, als in Versen

und das Alles zu seinem Vergnügen machte, und daß
er ein vortrefflicher Philosoph war. Und dieser ist's, den
ich ewig bedauern werde. Ich bin zwar auch Philosoph,
aber nur zeitweise. Ich liebe einen großen König so
sehr, weil dieser große König Mensch mit den anderen
Menschen ist.

Ich glaube wahrhaftig, und Gott möge es mir
verzeihen, daß ich, sobald er Muße für mich hätte,
mich noch auf den Weg machen würde, ihn von Angesicht zu Angesicht zu sehen; denn ich bin nach großen
Seltenheiten sehr begierig. Aber ich bin so alt, so alt,
Monsir, und er ist so großartig groß, daß ich zu einer
solchen Reise nimmer die Kraft gewinnen werde.

Alle Tage beten wir in unseren heiligen Kirchen
für seine Erhaltung.

———————

Der Tag der Markgräfin neigt sich zu Ende — es
will Abend mit ihr werden in ihrem Leben, aber nicht in
ihrem Lieben. Für sie war das irdische Dasein fast nichts
als ein Leidensgang mit vielen Schmerzensstationen
gewesen. — Von Kolin bis Roßbach war die letzte, da
war ihr Herz gebrochen, und nur noch mühsam hielt
ein gebieterischer Wille den Körper aufrecht; aber endlich brach auch dieser zusammen. Im Juli des Jahres
1758 hatte ihre Schwäche so sehr zugenommen, daß
die Schriftzüge eines Briefes an den König kaum mehr
lesbar waren; ihr Herz drängte sie, ihm zu dem Siege

bei Zorndorf ihre Glückwünsche zu senden, aber der
müde Arm sank kraftlos nieder, und die wunde Brust
war von Schmerzen durchwühlt. Voltaire war von
dem bedenklichen Zustand ohne Zweifel durch seinen
Protégé, den Marquis von Abhemar und Spada, unterrichtet worden. Er fühlte beim Empfange dieser
Nachricht etwas, wie das Gefühl der Liebe, der Sorge
und des Schmerzes um ein so theures Leben, einen so
ernsten Geist, ein so großes Herz. Vielleicht war noch
nicht Alles verloren — vielleicht war noch Hoffnung
vorhanden und — Hilfe. — Dieser Gedanke, dieser Trost
drückte ihm auch die Feder in die Hand.

Von Voltaire.

Aus Délices, den 27. September (1758).

Madame!

Wenn dieses Billet Eurer Königlichen Hoheit gerade
in einem Momente zukömmt, wo Sie sich wohl fühlen
und Muße haben, es zu lesen, so bitte ich Sie inständ-
dig, beifolgende Antwort des Schweizers dem großen
Manne, Ihrem Bruder, gnädigst übersenden zu wollen.
Vor Allem jedoch und auf's Angelegenste möchte ich Sie
bitten und beschwören, Tronchin eine Auseinandersetzung
Ihrer Krankheit zu senden.

Niemals, Madame, hatten Sie so viel Ursache,
sich dem Leben zu erhalten, als gerade in gegenwärti-
gem Zeitpunkte. Sie wissen gar nicht, wie theuer

diefes Leben allen Denen ift, die das Glück haben, Eurer Königlichen Hoheit nahen zu dürfen. Wenn Einer auf der Welt ift, der Ihnen Linderung Ihrer Leiden ver- schaffen und Ihr so koftbares Leben verlängern kann, so ift es nur Tronchin.

Im Namen aller benkenden Wesen, verfäumen Sie es nicht, feinen Rath einzuholen. Wäre es nothwendig, daß er felbft nach Baireuth käme, oder könnten, wenn das unmöglich, nach feiner Meinung Eure Königliche Hoheit die Reise zu ihm unternehmen, so wäre kein Augenblick mehr zu verlieren. Leben muß man — alles Uebrige ift nichts.

Ich bin von Schmerz und Unruhe gefoltert, und diese Empfindung überwiegt noch den tiefen Respect und die zarte Anhänglichkeit des alten Eremiten in der Schweiz.

V.

Dieser letzte Brief ift, wie der bereits erwähnte an den Marquis von Adhemar, auf ein Doppelblatt in klein Octav geschrieben, von demfelben Papier, Format und der Art und Weise des Bruches. Beide lagen beim Auffinden dieser Blätter der Freundschaft noch eben so zusammen, wie sie vor 106 Jahren im Schlosse von Baireuth eingetroffen waren, nur wenige Tage vor dem Scheiden der Markgräfin.

Die im Schreiben durch das ganze Leben so fleißige und gewandte Hand der Fürstin gehorchte dem Wunsch und Willen nicht mehr, selbst nicht zum Abschied — zum letzten, ewigen Abschied. Zum Beweise aber, daß ihre Gedanken stärker, als ihre Hand, hatte sie dem Freunde vierzehn Tage vor ihrem Abscheiden ihr Bild geschickt — als einen Händedruck der Freundschaft und des Dankes, als letzten, stillen Gruß. Bald wird ihr Geist dem großen Geheimnisse, nach dessen Ent- hüllung sie mit so vielen großen und edlen Menschen gerungen, nahe sein.

Wer möchte nicht an ein Hellsehen der Liebe glau- ben? In derselben Nacht, derselben Stunde, in welcher der Bruder bei Hochkirch die empfindliche Niederlage durch den Ueberfall. der Oestreicher erlitt, hatte durch den Raum von ihm geschieden, aber im Geiste stets bei ihm, die Schwester am 14. October 1758 ihre Seele ausgehaucht. Die letzten und wenigen Worte, die sie noch hervorbringen konnte, waren heiße Wünsche für das Leben und Glück des Königs. Sie wollte mit den Briefen des geliebten Bruders auf dem Herzen begraben sein, ein Wunsch, der glücklicherweise nicht erfüllt worden ist; nach ihrem ausdrücklichen Willen sollte an ihrem Sarge nicht von ihrer Person, nur von der Nichtigkeit aller irdischen Dinge gesprochen werden und ihr Leichenbegängniß ganz in der Stille geschehen. In solcher Läuterung gab sie, die man des Stolzes und des Hanges am Irdischen bezichtigt hatte, Gott ihre unsterbliche Seele anheim. Ihre irdische Hülle ruht an der Seite ihres Gemahles und ihrer einzigen Tochter

in einem über der Erde stehenden Marmorsarge in der
offenen Gruft der früheren Schloßkirche, nun der
katholischen Kirche in Baireuth.

An diesem Sarge endeten die brieflichen Mitthei-
lungen des Dichters, und die Thränen traten in ihr
Recht.

Der französische Schriftsteller und die deutsche Fürstin gehörten Beide dem großen Bunde der Geister an,
welcher im achtzehnten Jahrhundert sich über die Natio-
nalitäten hinweg die Hand reichte, um die Menschheit
aus der dumpfen, geistigen Lethargie der Materie zu
erlösen und zum Bewußtsein ihres göttlichen Ur-
sprungs und Zieles im Geiste zurückzuführen. Lassen
wir uns bei Voltaire in den Wegen nicht über das
Ziel täuschen; auch die Negation kann ein Zeugniß für
das Positive sein, durch den Irrthum geht der Weg
zur Wahrheit, und nur im Ringen der Geister beruht
die alleinige und sichere Hoffnung auf Erreichung des
Zieles. Voltaire war ein glänzenderer Geist, die
Markgräfin eine tiefere Natur; sein Streben ging oft
auf den Effekt, das ihrige nur allein nach Wahrheit;
Voltaire hatte etwas vom weiblichen Charakter der
Markgräfin, und diese wieder etwas vom männlichen
Geiste Voltaire's — Beide zusammen die reizbare
Empfindlichkeit und die schwankende Richtung ihrer
Zeit. Darum theilten sie auch bei der Nachwelt ein und
dasselbe Schicksal, nach einer Charaktereigenschaft, statt
im Großen und Ganzen und von anderen Gesichts-

punkten, als denen ihrer Zeit und der Verhältniſſe
beurtheilt und darum auch verkannt zu werden.

Wenn dieſe Blätter dazu beitragen ſollten, die
andere, ſchönere, edlere Hälfte ihres Seins zu ent-
hüllen und das Urtheil zu mildern und zu berichtigen,
ſo wäre ihr Zweck vollkommen erfüllt.

Das rührendſte, ſprechendſte Zeugniß für Beide,
für das Gefühl des Ueberlebenden und das Gedächtniß
der Geſchiedenen, iſt die Ode, welche der Dichter dem
Andenken der verklärten Freundin widmete. Wir laſſen
die Strophen, welche allgemeine Betrachtungen, offene
Ausfälle gegen ſeine Feinde und verſteckte gegen den
König enthalten, weg und begnügen uns, die auf die
Markgräfin unmittelbar ſich beziehenden hier mitzutheilen. Mit ihr war der gute Geiſt zwiſchen Voltaire
und dem Könige geſchieden, von ihrem Tode an beging
jener eine Reihe von Unwürdigkeiten gegen ſeinen einſti-
gen Königlichen Gönner, die eben ſo wenig als das
Blut von Lady Macbeth's Händen, von ſeinem Andenken
getilgt werden können, aber im Gedanken an die
theuere Geſchiedene erhoben ſich in des Dichters Seele
noch einmal all' die ſchlummernden guten Geiſter und
ſchufen ein Monument — aere perennius.

Höheres hatte Voltaire nie gedacht, Tieferes nie
empfunden, als in dieſer Ode; aus ihr erkannte erſt
das Jahrhundert mit Staunen, welche große Seele in
der kleinen Markgräfin aus der Zeit, wenn auch nicht
aus dem Gedächtniſſe geſchieden war.

Es fiel der Streich! Vorbei! — Von Allem, was uns theuer,
Was die Natur uns gab im reichlichsten Gewähren,
Der Sinne Lebensgluth, des Himmels reines Feuer
Bleibt eine Leiche nur, an der sich Würmer nähren.
Dieses Schauspiel, das so kläglich,
Den Verlust, der so unsäglich,
Sieht das Herz mit größ'rer Qual,
Als im Schlachtgefild erbleichen
Unter gegenseit'gen Streichen
Krieger, Tausende an Zahl.

Baireuth! O Tugend, Anmuth, du Anbetungswerthe!
Weib, ohne Vorurtheil und Fehl, ohn' jeden Flecken!
Als Dich der Tod entführt von dieser trüben Erde,
Von diesem Aufenthalt des Blutes und der Schrecken
Sah man feindliche Nationen
Sich im grimmen Haß verschonen,
Ihrer Muth hast Du gewehrt;
Jeder Zwist scheint nun gebändigt,
Alle Völker sind besänftigt,
Dich ihr Thränenopfer ehrt.

Wie warst Du stets geneigt, Barmherzigkeit zu schenken,
Du, die mit Heldenmuth vereinet holde Güte,
Ein großer Mann und heit'rer Philosoph im Denken
Besaßest Du vom Weib allein der Schönheit Blüthe.
Hörtest Du, in Staub zerfallen,
Unsrer Liebe Ruf erschallen,
O so hättest Du geglaubt,
Du die bei den Todten wohnet,
Daß die Götter Dich belohnet,
Als sie Dir das Licht geraubt.

Ach wer wird einsichtsvoll am Hof den Frieden retten,
Den Aberglauben und den Fanatismus strafen,
Mit weiser Hand der Religion zu Füßen ketten
Den grausen Atheismus ewig ihr als Sklaven.
　　Was uns Gott in's Herz geschrieben,
　　Wer wird dich als Vorbild lieben,
　　Heiliges Naturgebot,
　　Das so rein und doch verdammet,
　　Dem die Thorheit wuthentflammet,
　　Heuchlerisch Verfolgung droht?

Du wußtest stets die Zeit, die flüchtige, zu fassen,
Und schmerzlich mußtest Du den Müssiggang beklagen
Der schlaffen Geister, die sich muthlos gehen lassen,
Die reich an Lebenszeit, dem Leben selbst entsagen.
　　Im Gedanken wohnt das Leben,
　　Nur im ernstesten Bestreben
　　Wahrt man sich des Geistes Macht.
　　Wer wird nun die Leuchte nähren?
　　Düstren Schein wird sie gewähren,
　　Schauerlicher, als die Nacht.

Doch wem wird Dich zu feiern nicht der Ausdruck fehlen,
Dich, muth'ge Freundschaft, erste Tugend großer Herzen,
Geheiligt Feuer, hell entlodernd edlen Seelen,
Geläutert noch am Prüfstein Deiner herben Schmerzen!
　　Feile Seelen, ihr erröthet,
　　Denn nur, wie Fortuna flötet,
　　So tönt einzig euer Spiel.
　　Ohne Steuer auf dem Meere
　　Treibt der Wind euch in die Leere,
　　Ohne Kompaß, ohne Ziel.

Wohl mag's der Meisterhand, dem Genius gelingen,
Du theurer Gegenstand noch unversiegter Thränen,
Zu Deinem hehren Bilde sich emporzuschwingen,
Daß Enkel Dich dereinst als Herrscherin ersehnen.
 Mich bedrückt des Alters Schwäche,
 Daß ich bebend, was ich spreche,
 Auszubrücken kaum vermag.
 Zitternd hab' ich nur geschrieben
 »Die hier ruht, verstand zu lieben!« —
 Dir auf Deinen Sarkophag.

Berlin, gedruckt in der Königlichen Geheimen Ober-Hofbuchdruckerei (R. v. Decker).